Sonya
ソーニャ文庫

下僕の執愛

桜井さくや

イースト・プレス

contents

序章

夜空に煌めく数多の星。

ぽっかりと空に浮かぶ丸い月。

当たり前のように繰り返される月の満ち欠け。

けれど、こんな満月の夜には決まって兄が部屋にやってきて、すすり泣きが響くのだ。

「――嫌いだ…、満月なんて大嫌いだ……っ」

肩を震わせて窓から空を見上げる兄の横顔。

ぽろぽろと零れ落ちる涙は、拭ってもすぐに溢れて止まらない。

自分は掛ける言葉が見つからず、いつも傍で棒立ちになっているだけだ。

息をひそめてその横顔を見ていると、兄は真っ赤な目を大きく見開いて振り向いた。

「おまえのせいで、僕は今日も涙が止まらない」

「……兄上」

「満月になるたびに、胸が張り裂けそうになる。哀しみに押しつぶされそうになるんだ……。心臓が痛い…、痛くて堪らない……。なぁ、どうしてだ……？　どうして僕がこんな想いを抱えなければならない？　なぁ、どうしてだよ…ッ!?」

責め立てるような強い言葉。

憎しみに満ちた眼差し。

視線に堪えられなくなって目を伏せると、答えを急かすように顔を覗き込まれ、反射的に口を開いた。

「それは」

「それは？」

「俺が…、悪いからです」

「……そのとおりだ。よくわかってるじゃないか」

その答えに、兄は満足げに頷く。

だが、僅かに緊張が緩んだのを感じて息をつくと、途端に襟首を摑まれた。

「そう、おまえが全部悪いんだ。すべての元凶なんだよ。だから、おまえは僕の言うことを、なんでも聞かなければならないんだ」

わかっている。何もかも悪いのは俺だ。

皆を不幸にした元凶。いくら責められても足りない。償いきれない罪を犯してしまったのだから、何を言われても仕方がなかった。

父や、もう一人の兄とは、ほとんど話をしたことがない。

それはおまえを憎んでいるからだと目の前の兄に教えられた。他の者たちもおまえを嫌っているのだと幾度となく言われてきた。きっと、生まれてきたこと自体が間違いだったのだろう。

——全部、俺が悪い……。

兄が泣くのは俺のせい。

満月になると哀しくなるのも俺のせい。

だから、罪滅ぼしをしなければならなかった。

食事をするなと言われれば、何日でも食べなかった。

眠るなと言われれば、倒れるまで起きていた。

兄の命令ならなんだって聞いてきた。

それでも、『罪悪感』はいつになっても消えなかった。

「僕はおまえを一生許さない。そのことを絶対に忘れるなよ」

「……」

「返事はどうした？　おまえは、自分の罪を死ぬまで胸に刻みつけていろ」

「……は……い」

心臓の辺りを指先でとんと突かれ、大人しく頷く。

しかし、何か気に障(さわ)ることをしてしまったのか、忌々しそうに舌打ちをされる。おそるおそる顔を上げると、兄の涙は止まっていた。

「嫌な目だ……。どうしておまえなんかが青い瞳を持っているんだ？　それは、僕のものだったはずなのに……」

兄はぶつぶつ言いながら摑んだ襟を放した。頬に零れた涙を自分の袖口で拭うと、それ以上は何も言うことなく部屋を出て行く。

扉の閉まる音が静かに響き、部屋にはぽつんと立ち尽くす自分だけが残った。

永遠に続きそうにも思える静寂。

窓の外に目を向けると、月が煌々と照っていた。

「……ごめんなさい」

掠れた声で呟き、目を伏せる。

十歳にも満たない幼子の謝罪の声を聞く者など、ここにはいない。

満月が来るたびに、植え付けられる罪悪感。

生まれてから、心から笑ったことなんて一度もない。

自分はとても悪いことをした。

一生この罪を背負わなければならない。

兄に従うことだけが唯一の贖罪だと思っていた。

だから、自分がどうしたいのかなんて考えたこともなかった。

そんなこと、『彼女』と会うまで考えようともしなかった——。

第一章

——ファレル公国。

ここは、一年を通して気候が穏やかで過ごしやすい土地だ。

領地の半分は海に面していて海洋資源が豊富なうえに、稀少な鉱石が産出される鉱山もある。名産品も多いことから交易は自然と盛んになり、大きな街から小さな村までいつも賑わっていた。

長きにわたる帝国の支配が終わりを迎えて数十年。

ファレル公国は、かつて帝国を支えた数十の諸侯が独立して形成した国家の一つだ。周辺には同じような小国がいくつもあり、それぞれを国というには未熟さが目立つが、賢明な統治者のもとでの人々の営みはいつの時代もそう変わりない。

陽気な人々。豊かな自然、恵まれた大地。

それが、ステラが公女として生まれた場所だった。

「……さま、ステラさま。そろそろ起きる時間でございますよ」

「ん……、う……ん」

「ステラさま、起きてくださいな」

優しい侍女の声。いつもの朝の風景。

ステラは幼い頃より耳にしてきたその声に小さく返事をする。

密かに甘えたい気持ちを抱きながら身じろぎをし、やがて重い瞼をゆっくり開けた。

「今日はとってもいいお天気ですよ。外は気持ちのいい風が吹いています」

「……ん」

柔らかな光を感じて視線をずらすと、天蓋の布が僅かに開けられていた。

見れば、侍女は忙しく部屋を動き回っている。ステラに声を掛けながら着替えの準備をしていたようだった。

「……おはよう、ニーナ」

「おはようございます、ステラさま」

ステラはベッドから下りて、侍女のニーナと挨拶をする。

窓のほうに目を向けると、目の覚めるような青が広がっていた。

「本当、いいお天気ね。こんな日は庭先で本を読みたいわ」

「それはいいお考えですね。私もご一緒させてくださいませ」

ニーナは笑顔で頷き、ふっくらとした手でステラの乱れた金髪を整えていく。

亡くなった母と同じ年齢だという彼女とは、生まれたときからずっと一緒だ。

ニーナは慣れた手つきでステラの寝衣を脱がせ、今日の空と同じ青色のドレスへと着替えさせてくれた。

「――ねぇ、ニーナ。なんだか外が騒がしい気がするのだけど」

「外？　言われてみると確かに……」

髪に櫛（くし）を通してもらっていると、ステラはふと城の外がざわついているように感じてニーナに問いかける。

彼女は言われて気づいたようで、髪を梳（と）かす手を止めて首を傾げた。

ステラは椅子から立ち上がり、ニーナと窓辺に向かう。

何気なく下を見ると、なぜかたくさんの人が裏庭に集まっていて、不意に歓声が上がった。

「なに？　皆、何をしているの？」

「何かの催しでしょうか。そんな話は聞いていませんでしたけれど」

ニーナも知らないとなると突発的に起こったことなのだろうか。

こうしている間にも、人々はさらに裏庭に集まってくる。

しかし、遠目でもわかるほど愉（たの）しげな様子が伝わってきて、歓声もたびたび上がっている。少なくとも、不穏なことが起こっているわけではなさそうだった。

「ニーナ、私たちも行きましょう！」

「え？　あ、ステラさま！　お待ちください。転んだら大変ですから、走ってはいけませんよ！」

「わかってるわ！　ニーナ、早く！」

「は、はい……っ」

いつもは穏やかな城の人たちがこれほど興奮しているのだ。

君主の娘としても、ここは確認しておかなければならない。

ステラはじっとしていられなくなって素早く扉に向かう。

公女といえど、まだまだ好奇心いっぱいの十四歳だ。ステラは頬を紅潮させながら、ニーナと一緒に足早に裏庭へと向かったのだった。


――キン、キン…ッ。

空に響く金属音と、そのたびに上がる人々の歓声。

部屋から見たときよりも、さらに人数が増えたようだ。

もしかすると、城にいた人たちがすべて庭に集まっているのかもしれない。

そんなことを考えながら、ステラは人垣を掻き分けて奥へと進んでいったが、その先で目にした光景は予想だにしないものだった。

「え…？　これは一体……。彼らは何をして……？」

　そのとき、ステラに気づいた兵士がすかさず近づいてくる。

「これはステラさま！　ステラさまも観覧にいらしたのですね。どうぞ一番前でご覧ください」

「あの…、い、いえ、私は……」

　彼も他の人々と同様かなり興奮している様子だ。

　一番前に促されながらもこの状況が呑み込めず、ステラは眉をひそめて兵士に問いかけた。

「ちょ、ちょっと待って……。あの、彼らはどうしてこんなことをしているの？　相手はまだ少年だわ。それなのに何人もの兵士で囲んだりして……」

　どうして皆は愉しそうにしていられるのだろう。

　人々の輪の中心では、剣を抜いた数人の兵士たちが一人の少年を囲んでいた。

　あの少年が何をしたかは知らないが、彼はステラと同じくらいの年齢だ。

　いくらなんでもこれは卑怯だ。笑顔で観覧などできるわけがない。

　不満をあらわにすると、兵士は情けなく笑った。

「まったくそのとおりです。ですが、恥ずかしいことに一対一ではまるで歯が立たないんですよ」

「……えっ」

「彼は一体どこで剣術の指南を受けたのか……。正直言って、あれほど柔らかな剣の動きは見たことがありません。レオナルドさまの従者にと、トラヴィスさまが連れて来られたそうですが」

「お父さまの従者に？」

「はい、そのように伺っています」

トラヴィスとは、父レオナルドに長年仕えてきた側近の一人だ。

立場的に交友関係は広いだろうが、こういったことははじめてだ。

思わぬ言葉に、ステラは輪の中心にぱっと目を向けた。

剣を構えた黒髪の少年。

対峙しているのは、三人の兵士たちだ。

よくよく見ると、その向こうには父の姿がある。

父は自慢の髭(ひげ)を弄(いじ)りながら、興味深そうに少年を眺めていた。

――では、これは彼の剣の腕を見るために……？

少年の額から流れる汗に気づいて、ステラはごくっと唾(つば)を飲み込む。

たった一人で一体何人の兵士と戦ったのだろう。ここまで彼の息づかいが聞こえてきそうだった。

「あっ」

その直後、兵士たちが一斉に動き出す。

勢いよく剣を振り上げる彼らの表情に余裕は見られない。明らかに本気で挑んだ一刀だった。

——危ない……っ！

だがその瞬間、少年も動く。

彼は鋭い眼差しで僅かに腰を落とすと、演舞の如く華麗な剣さばきで兵士たちの剣を受け流していく。そのまま、流れるような動きで兵士たちの背後にするりと回り込んでしまったのだ。

なんて滑らかな動きだろう。

大の大人相手に、少しも動じていない。

それどころか、負ける気がしない。

皆がその動きに目を奪われる一方で、兵士たちのほうは少年を見失った様子だ。

慌てて左右を見回し、ややあって背後の気配に気づくも時すでに遅し。

振り返ろうとした瞬間、三人は剣の柄(つか)でトンと背を叩かれる。それは、兵士たちの敗北が決まった瞬間に他ならなかった。

「……すご……い……」

呆気ないほど一瞬の出来事。

三人の兵士が束になっても、彼の動きを抑えられなかった。

観客と化した人々から、どよめきと共に歓声が上がる。

ステラは息を震わせ、胸の辺りを手で押さえた。あまりに驚いて、ドクドクと心臓がうるさかった。

「あ、あいつ、何して……っ」

「え？」

しかし、それからすぐにステラの隣にいた兵士が身を乗り出す。

視線の先に顔を向けると、負けたばかりの兵士の一人が少年を突き飛ばすのが目に入った。

兵士の顔は真っ赤になっていて、頭に血が上っているのが見て取れる。子供に負けたことがよほど悔しかったのか、すっかり冷静さを失っているようだった。

少年のほうは、勝負がついて油断していたのだろう。虚を衝かれて転びそうになっていた。

「このガキが…ッ！」

直後、兵士はよろめく少年から強引に剣を奪い、切っ先を振り下ろす。

一瞬のことに、誰も止めることができないでいた。このままでは大変なことになると、その場にいた誰もが肝を冷やす。

「……え……？」

そのような中、少年だけは冷静だった。

彼は瞬時に体勢を整えると、焦りなど微塵も感じさせない動きでするりと剣を躱す。そのまま兵士の腕を摑み取って懐に潜り込み、ついには目の前の巨体を投げ飛ばしてしまったのだ。

呆気に取られた人々の表情。

しばし時が止まったかのような静寂が場を包む。

「そ、そこまで……ッ！」

程なくして、父の隣にいた側近のトラヴィスが声を上げた。

瞬間、喝采（かっさい）が沸き起こる。それは、少年に向けられたこれ以上ないほどの称賛だった。

「つう……、いってぇ……」

兵士は地面に背を打ち付けられ、痛みで顔をしかめていた。

だが、すぐに自分のしたことを思い出したのか、みるみる顔が青くなっていく。

レオナルドが輪の中心に歩を進めると、兵士は膝をついて恥じ入るように頭を垂れる。

しかし、レオナルドはそれに対して特に何か反応するでもなく、無言で立ち止まって周囲をぐるりと見回す。

庭に集まった大勢の人々。兵士たちとの連戦で激しく息を乱す少年。

レオナルドは喉の奥で笑いを噛み殺すと、心の底から愉しそうに破顔（はがん）した。

「結構結構！　無事で何よりだ！」

「も…、申し訳ありません……っ。ファレルの兵士として恥ずべき真似を……」

「なに、一人では歯が立たぬから束になってかかれと命じたのは儂（わし）だ。正々堂々としていても戦いに勝てるわけではないからな。とはいえ、これは命をかけた戦いではない。

卑怯なことをしたと恥じているなら精進を忘れるな。悔しいと思う気持ちを大事に育てるのだ」

「しょ、承知しました……ッ！」

思いがけぬ言葉に兵士は涙ぐみ、深く頭を垂れている。

レオナルドは満足げに頷くと、おもむろに少年に向き直った。

「実にいい動きだった。若き頃の戦を思い出して、久しぶりに血が沸き立ったぞ」

「あ…の……」

少年は戸惑い気味にレオナルドを見上げた。

「うむ、なかなかいい目をしている。今日の空と同じ綺麗な青だな」

レオナルドはそう言って少年の頭をぐりぐりと撫で回し、目を細めて笑う。

「わ……」

少年のほうはされるがままで髪がぐちゃぐちゃになったが、いきなりのことに反応できずにいるようだ。周りからの歓声や喝采の中、笑顔のレオナルドを不思議なものを見るような目で見ていた。

「ステラ、こっちに来なさい」

「は、はい。お父さま」

不意に父から声を掛けられ、ステラは背筋を伸ばす。

――お父さま、私がここにいることに気づいていたのね。

促されるまま父の傍まで来ると、少年と目が合う。彼は慌てて後ろに下がろうとしたが、レオナルドはそれを引き留め、人好きのする笑みをにっと浮かべた。

「ルイ、おまえにはステラの従者を任せよう」

「……えっ!?」

「どうだ、いい娘だろう？　ステラはおまえより一つ下の十四歳だ。将来は絶世の美女間違いなしだ。何せ、亡き妻にそっくりだからな。あぁ、もちろん手を出してはならんぞ。ステラはいずれ儂の跡を継がねばならない。婿候補は両手で足りないほどいるのだ」

「あ、あの、お父…さま……？　この方はお父さまの従者になるのでは……」

「ん？　ステラはこの者が従者では不満なのか？」

「い、いえそのようなことは」

「それならいいではないか。儂にはすでに十人もの従者がいる。周辺諸国の情勢が安定している今では充分すぎるほどの数だ。とはいえ、これほどの実力を見せられては追い返せまい。公国の未来を担うおまえのために働いてもらいたいと思ったのだ」

「お父さま……」

突然のことにステラはどう返せばいいのかわからない。

しかし、レオナルドにこれ以上の従者は必要ないというのも理解できる。もしかしたら、娘と同じくらいの年の者を従者にするのは気が引けるというのもあるのかもしれない。ステラより一つ上ということは、この少年――ルイはまだ十五歳なのだ。

「なぁ、トラヴィスよ、おまえはどう思う？」

「……私も特に異存はございません。ルイの実力は確かです。この場にいるすべての者がそれを保証してくれるでしょう」

確か、ルイはトラヴィスが連れて来たと言っていた。

レオナルドの問いかけに側近のトラヴィスまであっさり同意する。

ならば身元は保証されているのだろうし、問題はないのかもしれない。

二人のやり取りを受けて裏庭に集まった人々からは自然と拍手が起こり、負けた兵士たちも苦笑を浮かべながら一緒に手を叩きはじめた。

「よし、決まりだな。ルイ、そういうわけだ。存分に働いてくれ」

「……は…、は…い……」

レオナルドは大きな手でルイの肩を叩く。

けれど、ルイはまだ状況が理解できていないのだろう。返事をしながらも周囲からの拍手にきょとんと目を瞬かせていた。

――さっきの勇姿が嘘みたいね。

ステラはルイの様子にクスリと笑う。

癖のないサラサラな髪、透き通った青い瞳。

垣間見せた表情は年相応だが、十五歳にしては背が高い。

その秀麗な容貌は人々を惹きつける魅力があるようで、今も皆の視線は彼に向けられたままだ。これだけ恵まれた容姿であれほどの強さがあるなら多少傲慢になってもおかしくないのに、ルイにはそんな素振りもなかった。

「年上なのに、なんだか放っておけないわ」

彼はレオナルドに撫でられてぼさぼさになった頭に、気づいてもいない。

皆の笑顔に見守られる中、ステラはルイの髪を直してあげたいなどと、そんなことを考えていた。

❀　❀　❀

突然やってきた黒髪の少年。

次々と大人の兵士を打ち負かす姿に皆が釘付けになった。

その日は、城中がルイの話で持ちきりだったのは言うまでもない。

就寝前に櫛で髪を梳いてもらう間も、ステラはニーナから彼の噂話を聞かされていた。

「――私、レオナルドさまがあんなふうに笑う姿を久しぶりに見ましたわ。ルイさまの、剣を振るう姿は勇ましいのになんとも軽やかなこと……、あの場にいた皆がルイさまの味方でしたものね。若い侍女など、あれからずっとソワソワしていますわ」

「まぁ、そうなのね」

「それはもう大変なものですよ。何せ、ステラさまの従者にいきなり抜擢されたのですから ね。それに、伯爵家出身のトラヴィスさまが連れて来られたのですから、それなりの家柄の出身に違いありません。もちろん、あの年で従者になろうというのですから、いろいろと事情もあるのでしょう。ご両親が病でお倒れになって跡を継ぐことになったものの、お祖父さまの方針でレオナルドさまのもとで研鑽を積んでからでなければ認められないなんて話も耳にしましたわ」

「……まぁ……」

「あ、いえ、それはあくまで噂ですけれど……。なんにしても、ルイさまを歓迎する娘は多いということです。顔立ちも涼やかですしね。あの鮮やかな青い目に見つめられたらと思うと年頃の娘たちは胸が騒ぐようですわ」

「確かにとても綺麗な目をしていたわ。お父さまも褒めていたもの」

「そうでございましょう」

ステラの言葉に、ニーナは大仰に頷く。

まるで身内を褒められたかのような反応に思わず噴き出しそうになってしまう。

けれど、自分たちはもう何時間も彼の話ばかりしている。

黙っていたら朝まで続きそうだ。そんなことを頭の隅で考えていると、ニーナはふと柱時計に目をやり、ハッとした様子で髪を梳く手を止めた。

「い、いやだわ私ったら……、こんな時間まで一人でペラペラと、なんてはしたない。申し訳ありません……っ」

「いいのよ。今日は皆同じだもの」

「本当にすみません。あの、では…、私、そろそろお暇を……」

「えぇ、いつもありがとう。お休みなさい、ニーナ」

「お休みなさいませ、ステラさま」

そう言うと、ニーナは恥じらいながら頭を下げる。

生まれたときから傍にいる彼女だが、こんなに興奮しているのを見るのははじめてだ。

それだけ今日の出来事が非日常的だったということなのだろう。

父の若い頃は動乱の時代で、たくさんの人々が命を落としたと聞く。

しかしそれは、ステラの生まれる前の話だ。

今はすっかり平和になり、兵士たちが戦いに駆り出されることもない。だから今朝の盛り上がりは、皆にしてみれば催し物を見た気分だったのだろう。

やがて扉の閉まる音が響き、部屋にはステラだけとなる。

このまま眠る気になれず、なんとなく窓辺に向かった。

――今夜は満月ね……。

朝の賑やかさから一転、夜はとても静かだ。

月を眺めていると、どこからか梟の鳴き声が聞こえて、ほんの少し寂しい気持ちになる。

「……あら？　あんなところに人が？」

何気なく庭先に目を落としてステラはふと人影に気づく。

月明かりの下、ぽつんと佇む後ろ姿。

服装からして男性のようだが背が低い。

まだまだ成長途中といったその後ろ姿には見覚えがあった。

「あれは…、ルイ？」

ステラは庭先にじっと目を凝らす。

薄ぼんやりと見えるだけだが、ルイのような気がした。

彼は月を見上げたまま、身じろぎもしない。

なんて細い身体だろう。あれで大人の兵士と剣を交えていたのか。

改めて感心していると、彼は不意にその場に座り込み、膝を抱えたきり動かなくなってしまった。

「ど、どうしたのかしら……？」

気のせいか、細い肩がやけに寂しそうだ。それが震えているように見えてステラは激しく動揺した。

――まさか、泣いているのでは……。

今日は、城の皆に案内がてらあちこち連れ回されていたようだった。

もしかしたら、そのときに誰かに意地悪をされたのではないだろうか。

そんな酷いことをする者はいないと信じたいが、ルイに負けて悔しい思いをした兵士は何人もいたはずだ。現に頭に血が上って危険な行為をした兵士がいたのだから、新参者のくせにとよくない感情を持つ者がいても不思議ではなかった。

「大変…っ！」

ステラは居ても立ってもいられなくなり、慌てて部屋を出た。

もしそうなら、放っておくことなどできない。

彼は自分の従者になったのだ。父は一度決めたことをそう易々と覆しはしない。

ならば、主人としてすべきことがあるはずだ。従者に対して主人がどう振る舞うべきかまだよくわからなかったが、励ましの言葉は必要だろう。ステラはあれやこれやと考えながら、大急ぎでルイのいる裏庭へと向かった。

「――ご…、ごきげんよう……っ」

それからすぐにステラは裏庭についた。

けれど、ルイにかけた第一声は我ながら情けないものだった。

彼とはまだ一度もまともに話したことがない。なんと声を掛ければいいだろうかと考えた挙げ句、これしか思いつかなかったのだ。

「……え？」

ルイはステラが二階から見ていたときと同じ姿勢で座り込んでいたが、声を掛けるとびくりと肩を揺らして顔を上げた。数秒ほど目を凝らしてこちらをじっと見つめていたが、相手がステラだと気づいた途端その場に跪(ひざまず)く。

「ス…ステラさま！　こちらにいらっしゃるのに気づかず……」

「あの…」

「庭の散策中でしたか。すぐに去りますのでお許しください。では……っ」

「えっ？　ち、ちょっと……」

ルイは深く頭を下げると立ち上がり、庭から去ろうとする。

別に追い出すつもりで声を掛けたのではない。そもそもこんな時間に庭の散策などするわけがないだろう。おかしな勘違いをするルイを追いかけ、ステラは咄嗟(とっさ)に彼の腕を摑んだ。

「待って！」

「……ステラ…さま？　あ、従者として傍にいたほうがよかったでしょうか。従者としての心得をまだ習得しておらず、申し訳ございません」

「いいえ、そういうことではなくて……。その…ね、私の部屋からこの裏庭が見えるの。月を眺めていたら、あなたが一人でいるのに気づいたのだけど、急に座り込んでしまったから気になって」

「え？　では俺を…──あ、いえ…、私を気にして……？」

「そう、眠れないのかと思って」

「……そういうわけでは」

「本当？　無理はしていない？　今日は皆に城の中を案内してもらっていたのでしょう？

誰かに意地悪されたとかは？　酷いことを言われたなんてことはなかった？」

「は…、いえ…、そのようなことは特に……」

矢継ぎ早の質問に、ルイは若干戸惑っているようだ。

意図を摑みかねているのか、ステラを窺うように見ていたが、ふと思い当たった様子で言葉を続けた。

「あの…、今夜は見事な満月だったので」

「満月？」

「はい、ついふらふらと庭に足をのばして眺めていました」

「あ、あぁ…、そう…だったの？」

「誤解をさせてしまったようですみません」

ルイは申し訳なさそうに答えるが、特に誤魔化しているようには見えない。

──もしかしなくても、私の早とちりだったかしら……。

ようやくそのことに気がつき、ステラはコホンと咳払いをする。

そこでルイの腕を摑んだままだったことにも気づいて慌てて手を放す。

何もなかったのならそれでよかったなどと思いながら、ステラは自分の勘違いが恥ずかしくて真っ赤になった頬に手を当てた。

ルイは呆れているだろうか。

ちらっと彼に目を向けると、ルイは途端に背筋を伸ばす。再びその場に膝をつこうとしたのを見て、ステラは慌てて止めた。

「あっ、そんなことはしないで」

「しかし」

「本当にいいのよ。お願いだから、私にそんなことはしないで。私は別に偉い人間じゃないわ。年齢も、あなたと一歳しか違わない。しかも年下だわ」

「……ですが」

その言葉に、ルイは困惑している様子だ。

けれど、ステラは人に跪かれるのが苦手なのだ。

いつも大人たちが自分に頭を下げるのが嫌で仕方なかった。

――偉いのは私じゃない。お父さまだわ。

傅(かしず)かれるたびに、心の中でそう思ってしまうのだ。

「私は、誰かに跪かれるほど立派ではないわ。たまたま公女として生を受けただけで、お父さまのように何かを為したわけではないもの。だから、そういうことはしなくていいのよ」

「ステラさま……」

ステラは小さく息をついてルイに笑いかける。

彼は酷く驚いた顔をしていたが、おかしなことは言っていない。

このファレル公国にとって父は特別な人だ。

この地は、ステラの祖父の代まで数十もの諸侯を従えた大帝国の一領地に過ぎなかった。

しかし、父が若い頃に帝国の力は急速に衰え、時の皇帝が亡くなると同時に求心力を失い自滅への道を辿ったのだ。帝国が崩壊したことで諸侯たちは事実上独立し、その後はそれぞれ所領を広げるべく各地で争いが起こった。ファレル公国も領土が隣接するイーストン公国と激しい紛争を繰り返していたが、父レオナルドは度重なる侵攻を防いでこの地を守り抜き、周辺諸国とのいざこざまで鎮めた英雄とも言われる存在となった。

現在では、イーストン公国は交易相手にもなって良好な関係を築いている。

他の周辺諸国とも親交を深め、平穏そのものだ。

当時のことはステラも幾度となく聞かされ、そのたびに父に対する尊敬を深め、同時に己を戒めてきた。

皆が頭を下げるのは父に対してだ。自分にではない。

勘違いで偉ぶるほど恥ずかしいことはない。人々に認めてもらうには、自分が彼らのために何かを為さなければならないのだ。

「どうかした？」

「あ…、いえ、なんでも……」

呆然とした様子で見つめられ、ステラが首を傾げると、ルイはハッとした様子で小さく首を振った。

「そう…？　あ、それより、ルイってとても強いのね。大人の兵士相手に勝つなんてびっくりしたわ。今まで、たくさん努力をしてきたのね」

「……努力…？」

「だって並大抵の努力で、あんなふうに何人もの兵士を相手に戦えるわけないもの。皆があなたの応援をしていた気持ちもわかるわ。あのとき、私もあなたに勝ってほしいって思っていたから」

「ステラさまが？」

「そうなの。でも公女としては不適切だわ。これは内緒にしてね」

「ッ」

ステラが笑うと、ルイは目を丸くした。

自分の腹の辺りに手を当てて、彼はぎゅうっと皺になるほど服を握り締める。ルイはあまり感情を顔に出さない人のようだが、その動きはどこか戸惑っているように見えた。

「もしかして、ルイは褒められるのが苦手？」

「よ、よく……わかりません」

「人に注目されるのは？」

「それは…、苦手です……」

「じゃあ、皆に拍手されたときは困っていた？」

「……はい…、とても」

彼は口ごもり、恥ずかしそうに俯く。

それを見て、ステラは自然と顔が綻んでいくのを感じた。皆が喝采を送る中で、ルイがずっと困惑した表情を浮かべていたのを思い出したからだ。

——やっぱりそうだったのね。

ステラは納得がいった思いでルイを見つめた。

この性格では、彼が心を開いてくれるまで少し時間がかかりそうだ。

尋問のようにあれこれ聞き出すのは逆効果になりかねない。ならば、自分から歩み寄ったほうが近道になりそうだった。

「ねぇ、ルイ。少し私の話をしてもいい？　まだまだ先のことなのだけど」

「は、はい」

「知ってのとおり、私はいつかお父さまの跡を継がなければならないわ。お母さまは幼い頃に亡くなって子供は私一人だけ…、お父さまは新しいお母さまを迎える気はないとおっしゃっているから、覆ることのない話よ。それでも、公国の皆は私に期待してくれているし、私もその期待に応えたいと思っているわ」

「はい」

「けれどね、ときどき不安になってしまうの……」

「ステラさまが…ですか？」

「ええ、私では皆をがっかりさせてしまうかもしれない。お父さまの存在が大きすぎて、失望させてしまうのではないかって……」

　これは、時折頭を過る感情だ。

　心の奥にいる弱くて情けないちっぽけな自分。

　今日はじめて会った彼に、どうしてこんなことを話しているのだろう。

　不思議に思ったが、彼なら真剣に耳を傾けてくれる気がしたから、つい誰にも言ったことのない話をしてしまっていた。

「でもね、私にも夢があるの。だから負けていられない」

「……夢……」

「ええ、私はこのファレル公国をもっと豊かにして、皆が笑顔でいられる場所にしたい。ここで生まれてよかったと思ってもらいたい。そのための努力ならいくらでもするわ。私はファレル公国が大好きだから」

　ステラはそこまで言って息をつく。

　一拍置いてルイを見つめ、やや照れながらはにかんだ。

「だからルイ…、あなたの力も貸してほしいの」

「――ッ」

　平和なこの地では、彼の武力に頼ることは少ないだろう。

　けれど、これは自分一人で成し遂げられる夢ではない。周りの人たちの協力を得てはじめて実現できるものだった。

しばしルイと見つめ合い、静かな時が流れる。

彼の目はこれ以上ないほど見開かれていたが、ややあって息を震わせると、ゆっくりとその場に跪いた。それは先ほど注意したばかりの行為だった。

「ル…、ルイ、あの、だから跪くのは…──」

「ステラさま」

「は、はい」

「この腕でよければ、存分にお使いください。どのような窮地に陥ろうと、必ずやステラさまをお守りいたします」

まっすぐに見上げる瞳。

跪くのはやめてと言おうとしたが、思わず口を噤んだ。

ルイの目は、心なしか潤んでいた。なぜだか泣きそうな顔をしていたから、何も言えなくなってしまった。

「──これは…、夢だろうか……」

やがて、彼は満月に目を移してぽつりと呟いた。

このときのルイが何を思ってそんなことを言ったのか、ステラには知る由もない。

ただ、その夜のことはやけにステラの頭に残り、満月になると彼の目に映った丸い月をたびたび思い出すようになった。

第二章

――三年後。

晴れ渡る空。爽(さわ)やかな初夏の風。

ファレル公国の城では、昼すぎになると裏庭の一角で馬の駆ける音が響きはじめる。

器用に蛇行(だこう)する馬に乗るのは、君主の一人娘ステラ公女。

その傍らで彼女を指導するのは従者のルイだ。

「――ルイ、どう？　上手く操れている？」

「はい、お手本のような動きです」

「よかった」

昼食後の乗馬の訓練。

二人だけの愉しいひととき。

それは、ここ数年で当たり前のように見られる光景になっていた。

本を読むだけが勉強ではない。公女といえど、いつ必要に迫られるかわからないという レオナルドの教育方針で、もともとステラには乗馬の経験はあった。

しかし、乗れるのは気性の大人しい馬だけで、まっすぐ進むか止まるかしかできなかった。

それでは馬に乗れるとは言えないということで、白羽の矢が立ったのがルイだったのだ。

彼は従者になるために城に来ただけあって、馬の扱いにも長けていた。それを見たレオナルドが、『どうせいつも傍にいるのだから、ルイに教えてもらってはどうだ』と言い出し、ルイが城に来た一週間後にはこうして指導を受けるようになっていた。

——だけど、ルイがすごいのはそれだけじゃなかったのよね……。

彼は人並み外れた運動神経があるだけでなく、教養もあった。数か国の言語から算術まで、できないことを探すほうが難しいくらいだったのだ。

にもかかわらず、ルイは決して出しゃばることはなく、知識をひけらかすようなこともしなかった。次第にレオナルドは彼に強い信頼を寄せるようになり、今ではステラの教育係を任せるまでになっていた。

「ステラさま、今日はこの辺で終わりにしましょう」

ルイに言われて、ステラは馬を止める。

額に滲んだ汗を拭って地面に降りると、ルイのほうを向く。彼は柔らかな風を背に受けながら、こちらに近づいてくるところだった。

「ルイのお陰で、私も少しは上達したみたい。この間、お父さまに褒められたのよ」

「それはよかったです。実際、もう教えることがないほどなのですが」

「えっ、それはだめっ！」

「……え？」

笑顔で話をしていたのも束の間、ステラは思わず大きな声を出してしまう。

だが、少し驚いた顔で見られてすぐに我に返る。急いで理由を作って、しどろもどろに答えた。

「あ、その…、私はまだまだ未熟だから……」

「そのようなことは」

「ううん、もっと厳しくしてくれてもいいくらいよ」

「それは……」

「いいの。遠慮なんてしないで！」

「……わ…かりました……」

やや強引に押し切ると、ルイは躊躇(ためら)いがちに頷いた。

無理やり頷かせたようで内心後ろめたかったが、ステラは気づかぬふりをした。褒められるのは嬉しくても、『もう充分』と判断されたくなかったのだ。

――だって、折角の楽しい時間なんだもの……。

語学に算術、乗馬の訓練。

ルイにはさまざまなことを教えてもらっている。

噂では、いくつかの楽器も弾けるそうだが、それについては教えられるほどではないと固辞されてしまったから腕のほどはわからない。それでも彼とは誰よりも一緒にいる時間が長いことに変わりなかったが、断られたときは残念でならなかった。

ステラは馬の鬣（たてがみ）を撫でながら、さり気なくルイを盗み見る。

風になびくサラサラの黒髪。空のように青い瞳。

出会った頃と変わらない部分もあるが、この三年でルイの背はぐんと伸びて、今ではステラの目の位置に彼の胸がある。細かった身体にも厚みが出て、すっかり逞（たくま）しくなっていた。

ステラも、もう十七歳。年頃の娘だ。

傍で過ごすうちに密かな感情が芽生えるようになったとしても、なんら不思議ではなかった。

「どうかなさいましたか？」

「……え？　あ…っ」

と、不意にルイがこちらに目を向ける。

さり気なく盗み見ていたつもりが、そうではなかったらしい。あっさり気づかれたことに動揺しながら、ステラはぐるぐると考えを巡（めぐ）らせた。

「あの…ッ、えぇとその……、あ、そうそう、ルイと出会ったときのことを思い出していたのっ！」

「私と出会ったとき？」

「そ、そうなのっ。ちょうど三年前の今頃だったと思って、なんだかぼんやりしてしまって……。ほ、ほら見て…、ルイはあの辺りにいたのよ。城の皆が集まって、その中心であなたは何人もの兵士と戦っていたわ」

そう言うと、ステラは裏庭の真ん中付近を指差す。

ルイは促されるまま指差すほうを向き、懐かしそうに目を細めた。

「……もうそんなに経つのですね」

「あのときの歓声は本当にすごかった。今でも昨日のことのように思い出せるわ」

「懐かしい話です」

「あれからルイにはお世話になってばかりね。まさか乗馬や勉強まで見てもらうようになるなんて思わなかった」

「いいえ、私など大した役には……。それより、もっと適任の方にお任せすべきだったのではないでしょうか」

「えっ!? そ、そんなことないわ。ルイの教え方はとても上手よ！」

昔話に花が咲きかけた途端、思わぬ返しにステラはまたも慌てた。

ルイはもともと何かを教えるために来たわけではなかったから、こういう話にはかなり消極的だ。レオナルドの頼みだから断れなかったということもあり、彼の中には強い戸惑いが残っているのだろう。

けれど、ステラのほうはそれを密かに喜んでしまっている。

ルイと過ごす時間は、他のどんなときよりも楽しかった。

——いけないことだとわかっているけれど……。

胸の奥がちくんと痛み、ステラは唇を引き結ぶ。

それを、ルイに怪訝そうに見つめられて、気取られぬよう笑顔を作った。

「そういえば、ルイは一度も家に帰っていないようだけど」

「……え、……は…、はい……」

「ルイの家は、確かここから少し離れた海沿いの街にあるのよね。以前、トラヴィスがそんなことを言っていたの。もし私を気にかけて帰れないのなら、そんなの気にしなくていいのよ？」

「そういうわけでは……」

「三年も家を空けたままでは、さすがにご家族も心配されているでしょう。せめて年に一度くらい顔を見せに戻ったほうがいいんじゃないかしら」

「……は…い……」

だが、小さく頷きながらもルイの表情は暗い。

気を利かせたつもりだが、触れてほしくない話だったのかもしれない。

ステラは眉を寄せ、じっとルイを見つめる。

これまでも、時折家族について問いかけてみることはあったが、ルイの反応はいつも同じだ。

——確か、ルイもお母さまがいらっしゃらないと聞いたことはあるけれど……。

それは、以前父の側近トラヴィスから聞いた話だった。

はじめの頃、ルイの両親は病だという噂があり、彼を連れて来たトラヴィスにそのことについて問いかけてみたところ、父親は健在だが母親はすでに亡くなっていると教えてくれたのだ。

けれども、トラヴィスはルイの家の事情について、込み入ったことはあまり話してくれない。それ以上のことを聞き出そうとしても、『彼の家は少々複雑なのです』と神妙に答えるだけで詳しくは教えてくれなかった。

——だけど、三年も家に帰らなくて平気なわけがないわ。

もしかして、家に帰らないのは母を亡くした気持ちを昇華できていないからだろうか。

ステラも母を病で亡くしてしばらくは、少しのことで涙が止まらなくなって瞼を腫らす日々を過ごしたものだ。

ルイだって辛かったはずだ。

同じ境遇だからこそ、相談にのれることもあるに違いない。彼の母がいつ亡くなったのかはわからないが、吐き出したい気持ちがあるなら自分にぶつけてほしかった。

「あ、あのね、ルイ……」

「——失礼します！」

ステラが口を開きかけたそのとき、誰かが声を掛けてきた。

声のほうに振り向くと、一人の兵士がこちらに近づいてくる。

わざわざここまで来るなんて急ぎの用だろうか。その兵士は少し離れた場所で止まってステラに一礼した。

「お話し中に申し訳ありません。トラヴィスさまが、ルイを呼んでおられます」

「トラヴィスが？　わかったわ。ルイ、行ってあげて」

「は…、しかし、片付けがまだ……」

「厩舎に馬を戻すだけでしょう？　それなら私がやるわ」

「いえ、ステラさまにそのようなことをさせるわけには……っ」

「ここまで呼びに来るくらいなのだから、きっと急用なのよ。それに、この子は私の馬なのだから、『そのようなこと』ではないわ」

「ですが」

「早く行ってあげて」

「……、……では…、失礼いたします」

ルイは、少し過保護に思えるほどステラの世話を焼こうとする。

だからこういうときは、自分のほうから強引に促すくらいで丁度いいのだ。

というのも、近頃ステラは君主になる者として必要な法学を学んでいるが、しばしば膨大な課題を与えられることがあった。だが、課題の提出が間に合わなくなりそうで焦っていると、いつの間にかルイが代わりにやってくれている。この手の話は数えれば切りがないほどあり、放っておけばステラのやることがなくなってしまうくらいなのだ。

　案の定、ルイはぐっと言葉を呑み込んで、それ以上食い下がることなく兵士のもとに向かう。

　そこでボソボソと耳打ちされているが内容までは聞こえない。

　ルイは何度か相づちを打つと、もう一度ステラに目を向け、申し訳なさそうな表情を残してその場を去った。

　隣の兵士とは仲がいいのだろう。ぽんと肩を叩かれ、励まされている。

　ここへ来たばかりの頃、ルイは秀麗な容姿と大人顔負けの剣の腕で、周囲から少し遠巻きに見られていたようだが、今では他の兵士ともすっかり打ち解けている。その愉しげな様子は見ているだけで微笑ましいものだった。

「……今がずっと続けばいいのに」

　ステラは遠ざかる背中を目で追いながらぽつりと呟いた。

　しかし、そんな自分に苦笑を漏らし、馬の鼻筋をやんわりと撫でる。嬉しそうに尻尾を振るのが目に入り、そのまま厩舎へ歩を進めた。

　――私が公女でなかったら、ルイと結ばれていたかしら……。

　ふと、そんな想いが頭を過り、慌てて考えを打ち消す。

　そもそも自分が公女でなければ、彼と出会うことはなかっただろう。一瞬とはいえ、愚かなことを考えた自分が恥ずかしかった。

その後、厩舎をあとにしたステラは裏庭の真ん中でぼんやり空を見上げていたが、程なくして城へと戻っていく。そのまま自室に戻るつもりでいたが、途中で思い立って城の最上階まで足を伸ばすことにした。

❀　❀　❀

城の最上階には、父レオナルドの部屋があった。

以前はあまり来ることがなかったが、ここ一年で頻繁に足を向けるようになっていた。

長い廊下をまっすぐ進み、一際立派な扉の前で足を止めると、扉の両端に立つ衛兵がステラに敬礼をする。

「父はいますか？」

「はっ、いらっしゃいます！」

「ありがとう」

素早い返答にステラが笑みを浮かべると、衛兵たちは若干頬を緩めてまた前を向く。

——コン、コン。

ステラはノックをして数秒ほど中の様子を窺った。

返事はなかったが、いつものことだ。好きなときに出入りしていいと言われているのもあって、ステラは躊躇うことなく扉を開ける。ゆっくりと部屋に足を踏み入れ、奥にある大きなベッドに目を向けると、そこには半身を起こしたレオナルドがいた。

「お父さま」

「ん…？　おお、ステラか」

「お手紙…ですか？」

「あぁ、古い友人からだ」

レオナルドは小さく頷き、手にした数枚の紙に目を落とす。

懐かしそうな眼差しが相手との親しさを思わせる。ステラが近づくと、レオナルドはその手紙を二つに折って枕の横に置いた。

「どうした、そんな顔をして。何か心配事か？」

「いえ、今日は朝食の時間に大食堂にいらっしゃらなかったので、お加減が悪いのかと思って寄ってみたんです」

「あぁ…、そうだったな。心配させてすまなかった。昨夜、微熱が出てな。朝には下がっていたのだが、今日は寝ているようにと医者がうるさいのだ」

「熱が…。私ったら何も知らずに……」

「まったく大袈裟でかなわん。お陰で、またおまえに余計な心配をかけてしまった」

「そんなことは気にしないでください。休息は身体にとって一番の薬です。お医者さまだって、お父さまの身体のためを思って言ってくれているのですから」

　レオナルドはうんざりした様子でため息をついたが、ステラは遮るようにそれを否定する。あまり偉そうなことを言いたくはなかったけれど、今は父に無理だけはしてほしくなかった。

「まぁ、それもそうだな」

「そうです」

「わかったわかった。おまえが言うなら大人しくしていよう」

　きっぱり言うと、レオナルドは諦めたように肩を竦めた。

　しかし、別に大袈裟なことを言っているつもりはなかった。微熱であろうと医者の言うことに逆らうべきではないのだ。

　――だって、お父さまがまた倒れたらと思うと……。

　ステラは胸元で両手を組み、ぐっと力を込める。

　頭に浮かぶのは一年前の出来事だ。

　レオナルドは、ある日突然胸の痛みを訴えて倒れた。

　つい先ほどまで普段どおりに笑っていた人が、『今夜が峠です』と医者に言われたときは何かの冗談かと思ったほどだ。

　その後、レオナルドはしばらく生死の境を彷徨い続けた。

　一週間後に意識が戻ったのは奇跡としか言いようがなかっただろう。ステラはずっと身が引き裂かれる想いで父の意識が戻るのを待ち続けていたから、目覚めたときには子供のように泣きじゃくってしまった。病で亡くなった母のことが頭を過って、このまま父もいなくなってしまうのではと思うと怖くて仕方なかったのだ。

とはいえ、レオナルドがベッドから出られない日々はそれから何か月も続いた。

時折胸の痛みを訴えては熱を出し、なかなか体調が安定しない。城の皆に無事な姿を見せられるようになったのは、ほんの二か月前のことだった。

「ステラ、そんな顔をするでない。儂はまだしばらくあの世へ逝く気はないぞ」

「お父さま」

「やり残したことがたくさんあるのだ。おまえに教えねばならんこともある。おまえも、もう十七歳だ。そろそろ結婚相手も決めてやらねばならんしな」

「……はい」

レオナルドは目を細め、柔らかな眼差しでステラを見つめている。

けれど、それに対してステラはただ頷くしかない。

自分の結婚相手はレオナルドが決めることになっているからだ。

何十歳も年上の王族、有力な貴族、かつて争いがあったイーストン公国の君主の息子など、それとなく耳にしただけでも実にさまざまな候補が上がっているのはステラも知っている。

その中の誰であろうと、自分は受け入れるつもりだ。

たとえ想う相手がいたとしても、心のままに生きることはできない。それが許される立場でないことは、ステラ自身が誰よりもわかっていた。

「それはそうと、城の皆に変わりはないか？　なかなか思うように歩き回れなくてな。側近たちも儂に気を遣ってか、当たり障りのないことしか言わんのだ。まったく歯がゆくてならんわ」

「えぇ、今までどおり変わりありありません」

「そうか、ルイとはどうだ？」

「ルイも変わりありません。けれど、少し無理をさせているのかもしれません。彼は従者として来たのに教育係まで任せてしまって……。今でもそのことに戸惑いがあるようですから」

「なんだ、ルイはそんなことを気にしているのか？　そういえば、三年前、あやつにおまえの教育係を任せると言ったときに自分のような者が教えられるとは思えないと渋っていたな……。頭の固いやつだ。もっと肩の力を抜けばいいものを」

　ステラの返答に、レオナルドは苦笑を浮かべた。

　娘とほとんど変わらない年齢だからだろうか。レオナルドがルイの話をするとき、その表情は他の使用人に対するものよりも優しく見える。

「お父さまはどうしてルイに私の教育係まで任せようと思ったのですか？」

「どうしたステラまで。まさか不満だったのか？」

「あっ、いえ、そんなつもりで言ったわけでは……。ただ…、あれもこれも押しつけてよかったのかと。ルイは責任感が強すぎるのか、休むことを知らない様子で、これまで一度も自分の家に帰っていないのです」

ステラは前々から抱いていた疑問を口にした。

ルイは従者にしておくのが惜しいほどなんでもできる人だ。伯爵家出身のトラヴィスの知り合いの子となれば、それなりの教育を受けられる家で育ったことは想像に難くない。以前、侍女のニーナも言っていたが、そんな彼が従者になろうというのは事情があってのことだとステラにもなんとなく理解はできる。

そうは言っても、自分たちは幼い頃から知っている間柄ではないのだ。

自分が思うのも変な話だが、年頃の男女を一緒にしておくことに抵抗はなかったのかと、それだけはずっと不思議だった。

「ふむ…、確かにルイは真面目すぎるからな……。あやつには柔軟さが足りないと思ってのことだったが」

「それはどういう……」

「あぁいや、ここに来た頃のルイは、己の意志で行動するのが妙に苦手そうに見えたものでな。世の中、腕っぷしの強さだけでは太刀打ちできないことはたくさんある。命令だけを聞いていればいいというものでもない。人に教えることで、その辺りのことが少しは鍛えられるだろうと思ったのだ」

ステラの問いかけに、レオナルドは眉根を寄せて答える。

――では、ルイに教育係も任せたのは彼のためでもあったと？

父がそんなことまで考えていたと知り、ステラは驚きを隠せない。

その表情をじっと窺っていると、レオナルドは自慢の口髭を指先で弄りながら先を続けた。

「とはいえ、少々押しつけすぎたのかもしれん。トラヴィスがやたらとあやつを褒めていたのでな。どの程度できるのか見てみたかったというのもある。どのみち従者として傍にいるのだからちょうどいいと軽く考えていた」

「そう…だったのですね」

「どうも儂は昔から勢いで決めてしまうところがある。知らずに人を振り回していることもあるから言われないと気がつかん。まだまだだな」

「そんなことは……」

「そうか、わかった。では、近いうちにルイと話してみるとしよう。どう思っているかくらいは、あの正直な目を見ればすぐにわかる。そのときに、一度家に戻れと言っておこう」

「は…、はい。お願い…します……」

思わぬ展開にステラは密かに動揺した。

何気なく投げかけた疑問だったのに、まさかレオナルドが直接、しかもすぐに動くとは思いもしなかった。

「……それでは、そろそろ戻りますね」

「もう行くのか？」

「あまり長居をしては、お父さまが疲れてしまいますから」

「……馬鹿な気遣いを。もっと親に甘えればいいものを……」

「ふふっ。充分甘えておりますわ。では……」

小さく笑うと、ステラはベッドから離れて扉のほうへ向かう。

そのまま部屋を出るつもりでドアノブに手をかけて振り返り、レオナルドに軽く会釈をしてから扉を開けた。

そこで不意にベッドのほうからカサ…と乾いた音が耳に届く。

なんとなくもう一度振り向くと、レオナルドは先ほどの手紙をじっと見ていた。

古い友人からと言っていたが誰からなのだろう。やけに熱心な様子で見ているのを不思議に思いながらステラは静かに扉を閉めた。

――なんだか、余計なことを言ってしまった気がするわ……。

廊下に出た途端、ステラは大きなため息をつく。

どうしてあんなことを話題にしてしまったのだろう。

ルイの反応次第では、教育係を外されてしまうかもしれない。

そうなれば、傍にいる時間は今よりも格段に減ってしまう。彼と一緒の時間が減るのは、考えるだけで寂しいものだった。

――でも、ルイは私との時間が減っても、きっとなんとも思わないわ……。

彼の気持ちなど聞かなくてもわかる。

これはステラの片思いなのだ。

何せ、ルイはあれだけ傍にいながら、ステラを意識する素振りを一度も見せたことがない。どう思っているのかなんて考える必要もないほど、はじめから答えが出ているようなものだった。

「少し…、外の空気を吸ってこよう……」

ため息交じりに呟き、ステラは肩を落として階段を下りていく。

――もっと大人にならなければ……。

そうすれば、きっと何に対しても動じずにいられるはずだと詮無いことを考えながら、一階まで下りた。

――バタン…ッ！

と、そのときだった。

やけに扉を強く閉めた音が聞こえ、ステラは肩をびくつかせる。

一体誰だろう。そんなふうに荒っぽく扉を閉めるものではないと、注意するつもりで廊下を見回した。

「……ルイ？」

すると、廊下の向こうにルイがいるのに気づく。

もしかして、今の音は彼が立てたものだったのだろうか。いつも模範的な彼にしては珍しい。

ルイは今出てきたであろう部屋の扉の前で佇んだまま動こうとしなかったが、程なくして廊下の壁にもたれ掛かる。

トラヴィスに呼ばれていたはずだが、何かあったのだろうか。

足をふらつかせ、手で顔を覆うようにして項垂（うなだ）れる様子は明らかにおかしい。ステラは居ても立ってもいられず彼のもとへ駆け寄った。

「ルイ、大丈夫…ッ!?　どうかしたの!?」

声を掛けると、ルイは僅かに肩を揺らして顔を上げる。

その顔色は驚くほど青ざめていた。

「……ステラ…さま？」

「どうしたの、真っ青だわ！」

「これは……」

「気分が悪いのね？　急いでお医者さまを呼んでくるわ」

「え？　あっ、待ってください……っ！」

「あっ!?」

ステラは彼の顔を覗き込み、すぐにその場を離れようとした。

けれど、腕を掴まれて強引に引き留められる。驚いて振り向くと、ルイははっきりしな

い様子で首を横に振った。

「これは…、別になんでもありません」

「でも顔色が悪いわ」

「本当になんでもないのです……。体調は悪くありません」

「……そんなふうには見えないけれど」

そんなことを言って、無理をしているのではないだろうか。

ステラは眉を寄せ、ルイをじっと見つめる。ふと、目の端に何かが映って下を向くと、ルイはステラを掴んでいるのとは反対の手に白い紙を持っていた。

——手紙……？

じっと見ていると、ルイはハッとした様子で手紙を懐にしまう。

そこでステラの腕を掴んだままだと気づいたのか、慌てて手を放し、やや乱れた髪を掻き上げて深く息をついた。

「……ステラさま、お部屋に戻りましょう」

「え、でも……」

「行きましょう」

硬い表情。青ざめた顔。

見るからに何かあったという感じだ。

それなのに言葉が出てこない。

有無を言わさぬ様子で自室に促され、ステラは戸惑いながらも歩き出す。

トラヴィスと何かあったのだろうか。

去り際にルイが出てきた扉を振り返るが、中からは物音一つしない。

気になることばかりなのに、ルイがあまりに強ばった顔をしているから話しかけられない。結局、そのときのステラは何一つ彼に聞くことができなかった。

第三章

いつもと変わらぬ昼下がり。

窓から降り注ぐ初夏の日差しに眠気を誘われるが、ステラに休んでいる暇はない。

午前中は社交ダンスにヴァイオリンの練習。昼食のあとは語学の勉強。

一日が二十四時間では足りないほど、学ぶべきことは山のようにあった。

――ルイったら、あれからずっと変だわ……。

それなのに、ステラはこのところなかなか勉強に集中できないでいる。

本を読むふりをしながら、さり気なく右隣に目を移すと、そこには椅子に座って正面の壁をぼんやりと見つめるルイがいた。

ちなみに、今は語学の勉強中だ。外国の書物を適当に選んできて、ルイが指定した箇所を翻訳するということをしていたが、先ほどから彼は置物のように微動だにしない。ステラがとうに翻訳を終えていることにも気づかない様子だった。

ルイがこうなってから、もう一週間になる。

トラヴィスに呼び出されたあの日から、ルイはため息をついてはこんなふうにぼんやりすることが多くなっていた。

傍(はた)から見れば小さな変化かもしれない。

けれど、この三年間、ステラは誰よりも近くでルイを見てきたのだ。これまでも物思いに耽るときがまったくなかったわけではないが、この一週間は明らかにおかしいと言えた。

——あのとき、無理にでも話を聞き出せばよかったわ。

今さらながら後悔し、ステラは彼の横顔を見つめた。

強ばった顔に戸惑って、何も聞けなかったなんて情けなさすぎる。

トラヴィスと何かあったのだろうか。酷いことを言われたのだろうか。

ルイは正面の壁を見つめたままで、ステラの視線に気づきもしない。

あのあと何度かトラヴィスを見かけたけれど、彼のほうは特に変わった様子は見られなかった。

——だったら、あの手紙が原因とか……？

ステラは一人ぐるぐると考えを巡らせる。

ルイの手に握られていた白い手紙。あれは誰からのものだったのだろう。

ステラが気づいた途端、隠すように懐にしまったのが気になって仕方なかった。

「……あ」

と、そのとき、ルイが身じろぎをしてこちらに目を向ける。

ずっと見つめていたから思いきり視線がぶつかってしまい、ルイはハッと息を呑んで背筋をぴんと伸ばした。

「す、すみません……っ。えぇと、どこを……、た、確かこの辺り……。いや、ここは以前やったはず……」

彼は慌てて手元の本を広げ、ぱらぱらとページを捲って動揺をあらわにしている。

どうやら、どの場所かわからなくなってしまったらしい。ステラに確認すれば済む話なのに、それすら思いつかないようだった。

「……申し訳……、ありません……」

やがてルイは肩を落として謝罪する。

いくら探しても、思い出せなかったみたいだ。

「ルイ、どうかしたの？　何かあった？」

「本当にすみません……」

「謝らないで、誰でもそんなときはあるわ。だけど最近、ぼんやりしていることが多いから心配で……」

「いえ、心配されるようなことは何も……」

「そんなふうには見えないけれど」

「……すみません」

言った傍から彼は謝罪を繰り返す。

これでは堂々巡りだ。ほしいのはそんな言葉ではなかった。

「ルイ」

「は、はい……」

ステラは自分の本を机に置くと、ルイのほうに椅子の向きを変えた。

彼はびっくりした顔をしていたが、ステラが椅子の向きを変えたのを見てそのままでいるわけにはいかないと思ったのだろう。彼も椅子の角度を変えるとステラと正面から向き合った。

――ルイは怒られると思っているのかしら……。

彼はよほど本を強く握っているようで、手の甲には筋が浮き出ている。

緊張からか、その表情も硬かった。

自分はそれほど怖い顔をしているのだろうか。

ステラは少し哀しくなったが、すぐに気持ちを切り替えて顔を上げた。

「ルイ、お願いだからそんな顔しないで。こんな小さなこと、いつまでも気にする話じゃないわ。そうでしょう？」

「ですが……」

「それよりも、私はルイが心配なのよ。困っていることがあるなら、なんだって力になりたい。いつもお世話になってばかりの私では力不足かもしれないけれど、話してみれば少しは気持ちが楽になるかもしれないでしょう？」

「ステラさま……」

「ね、ルイ？」

できるだけ優しくを心がけ、ステラは彼に笑いかける。

「……っ」

ルイはコクッと喉を鳴らすと一瞬目を逸らそうとした。

しかし、途中で思い留まったようで、すぐにステラに目を戻す。

なんだか強引に聞き出そうとしている気もしたが、このまま話してくれるように思えて
彼の返答を待った。

「あの、ステラさまは……っ」

すると、少ししてルイが思いきった様子で声を上げる。

「何かしら」

話してくれる気になったのかと思ってステラは目を輝かせた。

「……い、いえ…、なんでもありません……」

「え……」

けれど、彼はすぐに首を横に振って口を噤んでしまう。

折角言いかけたのに、どうしてやめてしまうのだろう。

ステラはがっかりした気持ちで肩を落とす。

その後も彼は口を開きかけてはすぐに止めてしまうから、結局何一つわからないままだった。

――私だから言いづらいのかしら……？

そのうちに、別の疑問がステラの頭に浮かびはじめる。

その疑問を胸に、ステラは躊躇いがちに口を開いた。

「……ねぇ、ルイ」

「は、はい」

「もしかして、ルイの悩みは私が原因なの？」

「えっ!?」

彼の反応でそれが図星だとわかる。

ステラは膝に置いた自分の手をぐっと握り締めた。

「……そうだったのね」

「ち、違います…っ、そういうわけでは……ッ」

「でも…、ごめんなさい。その…、私、何も覚えていなくて……。ルイ、私はあなたに何をしてしまったのかしら……。教えてくれる？　悪いところは直すから……」

どうりで教えてくれないわけだ。

原因は自分だったのだと、ステラはそう確信して頭を下げた。

「ステラさま、そのようなことはおやめください……っ」

ところが、ルイは激しく狼狽えながら否定する。

顔を上げると、彼は焦った様子で首を横に振った。

「本当に違うのです！　ですから私などに頭を下げないでください……っ」

「けれど……」

「ステラさまは何一つ悪くありません。あなたに悪いところなど、あるはずがないでしょう！」

「……え」

ルイは少し怒った顔できっぱりと言い放った。

まさか彼がこんなことを言うとは思わず、ステラの顔は一瞬でカーッと熱くなる。

赤くなった頬に手を当てていると、やけにもの言いたげな眼差しの彼と視線がぶつかった。

「私は……」

そう言うと、ルイの瞳は哀しげに揺れた。

心臓が跳ねて、彼から目が離せなくなる。不意にルイの手が動き、それが自分に近づいているようで、さらに心臓が大きく跳ね上がった。

そのとき、

――コン、コン。

唐突なノックの音にステラはビクッと肩を揺らす。

ルイは我に返った様子で手を引くと、ステラの代わりに扉に向かった。

「……はい」

「あ、ルイさま…ッ！　ステラさまはいらっしゃいますか？」

「いらっしゃいますが……。どうかしましたか？」

「そ、それが……」

部屋に来たのは侍女のニーナだ。

焦った表情をしているのが気になり、ステラも扉のほうに向かう。

その途中で扉の向こうがざわついているのに気づき、廊下に目を向けると、使用人たちが慌ただしく行き交っていた。

「何があったの？　なんだか皆、落ち着かない様子ね」

「あ…、あの、それが…、先ほどお客さまがいらして……」

「お客さま？」

「はい、レオナルドさまがステラさまを大広間にお呼びするようにと……」

「どなたかしら」

「詳しくは伺っておりませんが、イーストン公国からいらしたという話です。ただ…、その方がずいぶん多くの兵士を引き連れてきたようなので、皆、動揺してしまって……」

「……え？」

ニーナの話にステラは眉をひそめる。

隣を見ると、ルイも驚いている様子だったが、何かを感じ取ったのか素早く窓のほうに向かった。

「あれは……っ」

ルイは愕然とした顔で窓枠を握り締めていた。

それを見てステラも急いで窓辺に向かう。ルイの視線を辿って裏庭に目を落とすと、そこにはファレル公国の兵士とは違う服装の兵士たちがいた。

「どういうことなの？　裏庭にまで兵士がいるなんて……」

要人が護衛の兵士を連れてくるのは普通のことだが、それにしては様子がおかしい。こんな大事なことを事前に聞かされていないのも妙だった。

「ルイも一緒に来てくれる？」

「承知しました」

皆が動揺している理由は理解できたが、どうしてこんなことになっているのかはわからない。

ステラたちは部屋を出ると足早に廊下を進んでいく。

見たところ、使用人たちは不安そうではあるが混乱はしていない。

イーストン公国の兵士がいないからだろう。さすがに城の中までは入っていないと知ってステラは僅かに胸を撫で下ろした。

だからといって安心していいわけではない。

程なくして二人は大広間につき、ステラは気を引き締めて扉を開ける。

ところが、大広間はこれまでの緊張が嘘のように、驚くほど和やかな雰囲気に包まれていた。

「――はっは、それは一歩間違えれば大惨事だな。しかし無事に会えて何よりだ。あの辺りは夜になると大型の獣が出るのだ」

「ええ、こうしてお会いできてほっとしております」

「それにしても、どうして連絡が来なかったのだろうな。――ん、おぉ、ステラか。待っていたぞ」

扉を開けて立ち尽くしていると、レオナルドがすぐに気づいた。

「……お父さ…ま？」

いつもと変わらぬ様子に、ステラは思わずきょとんとしてしまう。

さり気なく部屋を見回すと、そこにはレオナルドと側近のトラヴィス、そして大きなテーブルを挟んだ向こうには赤いプールポワンを着た貴族の男がいた。

「ステラ、こちらに来なさい」

「は、はい」

ややあってレオナルドに促され、ステラは戸惑い気味に歩を進める。

途中、ルイを振り返ると、彼はいつの間にか扉近くの壁際にいた。

壁際にはレオナルドの従者二名と、少し離れてイーストン公国の兵士が一名いる。あの兵士は、貴族の男の護衛でついてきたのだろう。

「彼はイーストン公のご子息、エリオット卿だ」

ステラが傍まで来ると、レオナルドはテーブルの向こうにいる茶色の髪の男をそう紹介した。

――イーストン公って……。

その男――エリオットはにこやかな様子でレオナルドと談笑していたが、ステラが顔を
向けると目を輝かせ、素早くテーブルを回り込んできた。

「はじめまして、ステラ殿。エリオットと申します。お会いできて光栄です」

「は、はい……。こちらこそお会いできて光栄です……」

明るい声音。人懐こい笑顔。

年齢は二十代半ばといったところだろうか。

しかし、いきなり挨拶されてもどういうことかわからない。

状況を把握しきれずにいると、レオナルドがさり気なく補足した。

「ステラ、イーストン公国について、おまえも知識はあるだろう。その君主には三人のお
子がいるが、エリオット卿は二番目のご子息なのだ」

「……二番目の……」

ステラは戸惑い気味に頷く。

イーストン公国の君主については多少の知識はある。

君主の名はバッシュと言ったはずだ。ファレル公国にとっては和平を築いた相手のことなので、会ったことはなくとも知らない者はいなかった。

——だけど、どうしていきなり……。

エリオットを見ると、彼は柔らかな笑みを浮かべた。

「突然の来訪をどうかお許しください。そちらには事前に連絡が行っているものと思っていたのですが、どうも行き違いがあったようなのです。今年は、ファレル公国と我がイーストン公国が和平を結んで二十年目の節目の年。長年の友好関係に謝意をお伝えいたしたく、父の代理として参りました」

「まぁ、そういうことでしたか……」

「よろしければ、お手を」

「……あ、えぇ」

ステラは言われるままにそっと手を差し出す。

彼はステラの手を取ると、騎士のように片膝をついて手の甲に口づける。儀礼的な挨拶だったが、ステラも立場上それなりに慣れていた。

だが、次の瞬間、

「——ッ!?」

ステラはぞわりと背筋が粟立つのを感じた。

生温かい唇。ぬめった感触。

僅かに開いた唇から覗く赤い舌。

本来は手の甲に軽く口づけるだけのはずが、彼はチロチロとくすぐるようにステラの肌を舐めていたのだ。

——なに…、どういうつもり……?

ステラは顔を強ばらせて凍り付く。

彼は一体何をしているのだろう。皆は気づいていないのだろうか。

「……あの」

けれど、ステラが声を絞り出そうとした途端、エリオットはぱっと手を放す。

彼はゆっくり立ち上がり、何事もなかったかのように、にこやかな笑みを浮かべた。ステラが顔をひくつかせていると、レオナルドの声が大広間に響く。

「さて、挨拶も済んだことだし、ここでしばらく休憩としよう。エリオット卿も長旅で疲れているだろうからな」

「お気遣いありがとうございます」

「すぐに部屋を用意しよう。夕食のときに改めて歓迎の場を設けさせてほしい」

見たところ、レオナルドの様子に変化は見られない。

エリオットがステラにしていたことは見えていなかったのだろう。わかっていたなら、このような気遣いをするわけがなかった。

「トラヴィス」

「は…、すでに部屋はご用意できております」

「うむ、ではあとは任せる」

周りを見ても誰一人気づいた者はいないようだ。

和やかな雰囲気のまま会話が交わされていることに、ステラはただ立ち尽くすだけだった。

不意に視線を感じて顔を上げると、エリオットと目が合う。

彼は観察するような目でこちらを見ていたが、ステラが息を詰めると『ではまた』と唇だけ動かしてトラヴィスと大広間を出て行く。壁際にいた彼の護衛も後に続いたため、すぐに見知った顔だけとなった。

——あれは、わざとしたことなの……？

ステラはゴクッと唾を飲み込み、レオナルドに顔を向けた。

「お父さま…、あの……」

「ん…、どうしたそんな顔をして。折角の美人が台無しだ」

「いえ…」

「まぁ、突然だったからな。戸惑うのも無理はない。夕食まで少し時間があるから、おまえも部屋でゆっくりしていなさい」

「……は…い、わかりました……」

いつになく優しい父の眼差し。

緊張を解そうとしてくれているのが伝わってくる。

なんと言えばいいのかわからず、ステラはそこで言葉を呑み込んだ。あんなことをされたのははじめてだったから、どうすればいいのかわからなかったのもあるが、これくらい父を頼らずに自分で対処せねばならないと思った。

「ルイ、ステラを部屋に連れて行ってやってくれ」

「は、承知しました」

レオナルドは扉のほうに向かい、ルイに声を掛けた。

その横顔は心なしか疲れているように見える。

一見、普段と変わらぬ様子だが、無理をしているのではないだろうか。

レオナルドは自分の従者たちを伴って大広間を出て行く。ステラはその背中を目で追いかけ、いまだ万全ではない体調を思って胸が痛くなった。

「ステラさま」

「……ルイ」

他に誰もいなくなり、大広間にルイと二人きりになる。

気づけばルイはステラの傍まで来ていた。

けれど、彼はステラの名を呼んだきり何も言わない。指示を待っているのか、しばし無言で見つめられた。

「ル…イ？　どうしたの？」

「先ほど、何かありましたか？」

「……え…」

「いえ…、手の甲に挨拶のキスをされたとき、ステラさまの表情が強ばったように感じたので……。見間違いかもしれませんが……」

「……っ」

思わぬ言葉に、一瞬で感情が込み上げてくる。

――ルイ…、気づいてくれた……。

ステラは涙が溢れそうになり、気持ちを押し込めるように胸元を手で押さえた。

他の誰でもない、ルイが気づいてくれたことが何よりも救いとなった。

「ステラさま、どうされました？　もしや胸が痛いのですか？」

「……少し」

「す、すぐに医者を呼んで……――」

「ううん、大丈夫。医者はいらないわ」

「しかし…ッ」

「いいの…、本当に大したことではないから……」

言いながらも、胸の痛みはどんどん増していく。

今ほど自分の立場を苦しく思ったことはない。好きな人の胸に飛び込めない苦しさを、こんなふうに痛感させられるとは思わなかった。

——あの人が、結婚相手の候補の一人……。

生温かい唇。ぬめった感触。

エリオットの舌の感触を思い出してステラは身を震わせる。

自分の結婚相手の候補には、イーストン公国の公子がいた。

第一公子はすでに結婚して子供もいたはずだ。だとするなら、第二公子であるエリオットが候補だと考えるのが自然だった。

「ステラ…さま……？」

ルイの戸惑った声。

ステラは無意識のうちに彼の袖口を摑んでいた。

「ごめんなさい……、少しだけ……」

「……は…い…」

本当は抱き締めてほしいが、そんなことを望めるはずもない。

彼に助けを求めたところで、どうなるものでもないことはわかっている。それでもステラはルイの袖から手を放すことができなかった。

「……私は、まだまだ未熟だわ……」

「いいえ、ステラさまは私の自慢の主です」

自嘲気味に言うと、ルイは間髪を容れず返してくる。

しかし、褒められているはずの言葉を素直に喜ぶことができない。

やはり彼の中で自分は主人としか見られていない。ただそれだけの存在なのだ。

それを突きつけられたようで哀しくなり、ステラは唇を震わせて彼を見上げた。

「……っ」

すると、ルイは僅かに息を呑み、喉仏が大きく動く。

しばしルイを見つめていると、彼はステラが掴んだほうとは反対の手を伸ばしかける。

けれど、ステラがその動きを目で追おうとすると、彼の手はすぐにもとの位置に戻ってしまう。

一瞬、触れようとしているのかと思ったが、気のせいだったようだ。

大広間を出るまでの間、ステラはルイの袖をずっと掴んでいたが、彼の手は固く握られたまま動くことはなかった。

突然訪れたイーストン公国の第二公子、エリオット。
城の周りには、彼が引き連れてきた屈強な兵士たちの姿がある。
はじめはその目的がわからず、城にいる人々はかなりの動揺を見せていた。

しかし、実際は両国が和平を結んで二十年目という節目の年に挨拶に訪れただけで、敵意があってのことではなかった。事前に話がなかったのも単なる行き違いによるものだとわかると、ようやく人々は落ち着きを取り戻したが、そうなると皆の関心は途端にエリオットに向けられた。

『エリオットさまは、二十五歳になったばかりだとか』
『話によると、まだ独り身らしい』
『ならば、わざわざ彼がやってきた理由は他にありそうだな』
『もしかして、ステラさまに結婚を申し込むために来たのではないか？』

癖のある茶色の髪、灰色の瞳。派手な見た目ではないが、優しげな顔立ち。

イーストン公国の第二公子という肩書きも加わり、好意的な印象を持った者が多かったのだろう。ステラの結婚相手として、イーストン公国の公子が候補に挙がっていることは皆もそれとなく知っているため、ついにそのときが来たのかと、すぐにその話で城中持ちきりになった。

そして、その噂はルイの耳にも入っていた。

そろそろ夕食という時刻になり、ステラの部屋に向かう途中、侍女たちが廊下の隅で話しているのを偶然聞いてしまったからだ。

「——ステラさまが……、結婚……」

ルイは大食堂の窓際に立ち、ぽつりと呟いた。

視線の先にはステラの後ろ姿がある。

同じテーブルの向かい側にはエリオットがおり、レオナルドの姿もあった。

三人は和やかな雰囲気で夕食を愉しんでいたが、話の内容はところどころ聞こえるだけですべてはわからない。

途切れることなく交わされる会話。

エリオットは身振り手振りを交えて得意げに話しているが、その間も、ちらちらとステラを見ては反応を探っている様子だ。彼女が少しでも相づちを打つと、エリオットはますます饒舌になっていく。それだけでステラに強い興味を持っているのがありありと伝わってきた。

「二人は…、結婚するのだろうか……」

大食堂に響く軽薄な笑い声に、ルイは深いため息をつく。

彼女はもう十七歳だ。そういった話が現実味を帯びる年齢ではあった。

ルイも従者として過ごした三年の間に、ステラの婚約者候補にどんな相手が挙がっているのか耳にしたことはある。その中にはイーストン公国の公子がいることも知っていたから、まったく予想できない話ではなかった。

——頭ではわかっているのに、俺は二人を心から祝福できない……。

ルイは暗い表情になってまたため息をつく。

わかっていたことなのに、実際には何もわかっていなかったのかもしれない。

いきなり突きつけられた現実に、心は激しく動揺していた。

時折、エリオットは熱っぽい眼差しでステラを見つめている。

それに気づくたびに、鬱屈した感情が頭をもたげた。

彼女を汚れた目で見られているようで、存在を隠してしまいたくなる。できることなら、今すぐ綺麗な箱に閉じ込めてしまいたかった。

――これは、従者として逸脱した感情だろうか……。

ステラには誰よりも幸せになってほしい。その笑顔を守りたいとも思っている。

彼女の愛するファレル公国の未来を思えば、エリオットとの結婚は決して悪いものではないはずだ。

それなのに、どうしても喜べない自分がいる。

皆が噂するように、エリオットが今回やってきた目的がステラとの結婚だと思うだけで胸の奥がジリジリと焼けつく。『外側』から見ていることしかできない現実に焦燥すら感じていた。

――レオナルドさまは、どう思っているのだろう。

とはいえ、ステラの相手を決めるのはエリオットではない。

ファレル公国の君主であるレオナルドが決めることになっているが、こうして見ているだけではわからない。少なくとも大広間での様子を見た限りでは、エリオットに悪感情は持っていないようだった。

「俺は…、これからも傍でお守りできるのだろうか……」

ルイは目を伏せ、自分の袖口にそっと触れた。

そこは、大広間で二人になったとき、彼女が触れた場所だ。

あのとき、潤んだ目で見つめられて、無意識に触れようとしていた。

思い出すだけで胸が苦しい。少しでも気を抜けばひた隠しにしてきた感情が暴走しそうになる。

この服はもう二度と着ない。大事にしまって宝物にしよう。彼女に触れてもらえるなんて、きっとあれが最初で最後だろうから……。

「――ルイ…、ルイ!」

と、そのときだった。

囁くような声で誰かに呼ばれ、ルイは我に返って顔を上げた。

大食堂の出入り口のほうから衛兵が近づいてくる。それがよく知る相手だったため、目立たぬように静かに窓辺を離れた。

「マーク、どうしたのですか?」

「……ルイ、すまない。ちょっと来てくれないか?」

「今ですか?」

「あぁ、気になることがあってな」

彼はルイがここに来た頃から何かと面倒を見てくれた人だった。

いつもにこやかで明るいが、今はやけに表情が硬い。

目立たぬように入ってきたから注目を集めているわけではなかったが、まだレオナルドたちが食事中だから緊張しているのだろうか。ルイは微かな異変を感じながら、ひとまず大食堂を出て彼の話を聞くことにした。

「マーク、どうし……──、うわっ⁉」

だが、廊下に出た途端、いきなり柱のほうまで引っ張られる。虚を衝かれたルイだったが、マークは構うことなく耳打ちをしてきた。

「ルイ、向こうの兵士たちの動きがおかしい」

「え…？」

「夕方頃まではかなりの人数がいたはずなのに、ついさっき見回りで外に出たら数えるほどしかいなくなってたんだ。不審に思って探してみると、どういうわけか城の中に……」

「城の中……」

ルイの反応に、マークは神妙な顔で頷く。

しかし、それだけで動きがおかしいという判断はできない。

自分たちは最初、エリオットと彼の護衛数名だけを城に受け入れた。

けれどそれは突然の来訪に警戒していたからで、誤解だとわかってからは、準備が整い次第彼らをすべて受け入れることになっていたのだ。

「それは、受け入れの準備が整ったからでは……」

「あぁいや…、それはもちろんわかってる。そう思ったから一応確認のつもりで彼らに割り当てられた待機部屋の近くまで行ってみたんだ。……そうしたら、その途中でイーストンの兵士たちがぞろぞろと地下に下りていくのを見たんだよ」

「……地下？」

「それだけじゃない。その中には見覚えのある姿もあった。あの後ろ姿…、あれはおそらくトラヴィスさまだ……」

「え…？」

「あ…、いや、後ろ姿だったから絶対とは言い切れないが……。だが、少なくとも俺にはそう見えたんだ。今日着ていた服と同じ色だったし……」

「……」

どういうことだろう。なぜ地下などに行く必要があるのだろうか。

地下には牢があるが、今は使われていない。

もしも全員分の部屋を確保できなかったとしても、さすがに地下牢を使わせたりはしないだろう。街の宿を手配するなど、他に手立てはいくらでもあるからだ。

――確かに、妙だな……。

トラヴィスに関しては見間違いの可能性はあるが、それを抜きにしてもおかしな話だった。

「……すみませんが、私は大食堂に戻ります」

「ルイ？」

「大食堂には、レオナルドさまとステラさまがいますので」

だとしても、今はステラの傍を離れるわけにはいかない。

何かおかしなことがあるというなら、なおさら近くにいなくてはならない。今の自分の役目は彼女を守ることだった。

「あ…、あぁ、そうか。そうだよな……。こんな話を聞いて持ち場を離れられるわけがないよ。……わかった。じゃあ、何か状況が変わったらまた報告する。一応、警戒はしておいてくれ」

「わかりました」

マークは協力を仰ごうとして呼び出したのかもしれない。

しかし、ルイの反応で冷静になったようだ。大きく息をついて気持ちを切り替えたのがわかり、ルイは静かにその場を離れた。

「……え？」

だが、それから数歩歩いたところで、ルイはピタリと足を止める。

廊下の向こうから歩いてくる人影に気づいたからだ。

——あれは…、トラヴィスさま？

恰幅のいい身体。珍しく緊張気味な表情。

トラヴィスは大食堂の出入り口で立ち止まり、中の様子を窺っている。

あんなところで何をしているのだろう。先ほどのマークとの会話を思い出し、ルイは眉根を寄せて目を凝らした。

すると、トラヴィスもこちらに気づいたようでぎこちない笑みを向けてくる。

彼はそのまま大食堂にゆっくり足を踏み入れると、大きく息を吸い込み、突然、辺りに響くほどの咳をしはじめた。

「うぉっほん！　ごほん、ごほんっ！」

「どうした、トラヴィス」

それにはレオナルドもすぐに反応したが、皆が注目してもトラヴィスの咳はなかなか止まらない。

「ごっほん、ごほんっ」

ルイは大食堂の出入り口まで歩を進めた。

やけにわざとらしい咳だったが、一番近い自分がなんとかすべきだと思ってトラヴィスの様子を見に行こうとした。

ところが、

「――では、そろそろ本題に入りましょうか」

エリオットは大食堂の出入り口を一瞥(いちべつ)すると、不意に立ち上がった。

その言葉に、ルイはびくっと肩を揺らして足を止める。『本題』とは、ステラに結婚の申し込みをすることなのではないかと思ったのだ。

「本題？　なんの話だ？」

「えぇ…、実を言うと、僕が今回ここに来たのは、もう一つ大切な話があったからなのです。今後のイーストン公国のためにもどうしても必要なことです」

「ほう」

ルイは息をひそめてエリオットに目を移す。

やはりそうだ。結婚の申し込みをするつもりだ。

僅かな沈黙が場を包み、ルイは固唾を呑んでエリオットを見据える。

しかし、次の瞬間、エリオットは喉の奥でクッと笑うと、予想だにしないことを言い放った。

「このファレル公国を、我々に譲っていただきたいのです」

「……なんだと？」

「ですから、ファレル公国を手放してほしいと言ったのです。今後のことは心配いりません。僕はあなたよりも立派な君主になりますから」

「ははは、なかなか面白い冗談だ」

「冗談？　いいえ、僕は至って真面目ですよ」

あまりに突拍子もない要求をしながら、エリオットは不敵に笑っていた。

レオナルドは眉をひくつかせ、ステラのほうは呆気に取られてぽかんとしている。当然ながら、給仕や執事、護衛の兵士など、大食堂にいたすべての者が同じように固まっていた。

だが、エリオットは気にする素振りもない。

レオナルドがむっつりと黙り込んだのを見て、エリオットは壁際に立つ自分の護衛にスッと視線を移して小さく頷く。

おそらくそれは、事前に決めていた『合図』だったのだろう。

その直後、護衛は腰の剣を抜いて走り出し、レオナルドの真後ろに立つと、いきなり切っ先を向けた。

「ふふっ、どうです？　僕の本気は伝わりましたか？　……まぁ、大人しく従うなら命は助けてあげてもいいですけど。僕の気が変わらなければね」

場が凍り付く中で、エリオットはおどけた様子で肩を竦める。

――一体どういうつもりだ？

彼は、自分が何をしているのかわかっているのだろうか。ルイは大食堂に足を踏み入れたまま愕然と立ち尽くしていた。

「……っは」

それから程なくして、静まり返った大食堂につまらなそうなため息が響く。

僅かに身じろぎをしたレオナルドが、エリオットをじろりと睨めつけていた。

「なんの話かと思えば……。まさか貴様は、このような一方的な要求を突きつけるために
この国へ来たのか?」

「……そうだと言ったら、どうしますか?」

「断る」

「……断る…」

「あぁ、断る」

「それで…、良いのですか?」

「良いも悪いもあるものか。貴様なんぞに渡すものは一つもないわ」

レオナルドは吐き捨てるように言い放った。

その表情は呆れてものも言えないといった様子だ。

しかし、レオナルドの背後ではエリオットの護衛が剣を構えたままだ。下手なことを
言っては刺激しかねない状況だった。

「っく……ッ」

すると、エリオットは喉の奥で笑いを噛み殺す。

心の底から愉しそうに笑うと、彼は大食堂の出入り口に目を向けた。

「……え?」

いきなり目が合い、ルイはびくっと肩を揺らした。

僅かに後ずさると、突然廊下のほうからいくつもの足音が近づいてくる。

ルイは驚いて振り向き、その光景に目を疑った。イーストン公国の兵士たちがぞろぞろと大食堂に近づいてきていたからだ。

――どういうことだ……？

彼らはどこからやってきたのだろう。なんのためにここまで来たというのだ。

その異様さに、ルイは咄嗟に腰にさげた剣に手をかけた。

「……ルイ殿、首尾よく頼みますぞ」

「――え？」

低い声。トラヴィスの囁きだった。

どういうことだ。トラヴィスは何を言っている？

ふと、先ほどのマークの話が頭を過る。彼は、地下に向かうイーストン公国の兵士の中にトラヴィスがいたかもしれないと言っていた。

地下は、牢があるだけではない。

いざというときのためにいくつもの通路に別れていて、鍵があれば城のあちこちに出られるはずだった。

――ならば、トラヴィスさまは……。

「実に面白い！　ならば望みを叶えてやろう！　おまえたち、その男を――レオナルドを殺せ…ッ！　命乞いをしても構うな！　首を刎(は)ねて僕に差し出せ！」

ルイの混乱をよそに、エリオットの興奮した声が大食堂に響き渡る。

「さぁ、殺せ…ッ！」

瞬間、エリオットとまた目が合い、ルイはハッと息を呑む。

血走った灰色の目。

まるで『やれ』と命令されたような気分だった。

――どうして…、こんなことを……っ。

彼は、レオナルドを殺してどうするつもりなのか。

背後で動くイーストン公国の兵士、ほくそ笑むトラヴィスの口元。

「……なんで……」

ルイは唇を噛みしめ、ゆっくり動き出す。

腰の剣を抜くと、そのまま一気に加速した。

エリオットは満足げに笑い、他の兵士たちに目配せをする。早くやれと言わんばかりの眼差しだった。

一方で、レオナルドは少しも動じていない。

何一つ疑う様子もなく、ルイをただじっと見ているだけだ。

ルイは唇を引き結び、剣を構えると勢いよくテーブルに飛び乗る。

剣を振り上げてさらに跳躍（ちょうやく）すると、ルイはレオナルドを飛び越えて剣を振り下ろした。

次に床に着地したとき、レオナルドに向けられた剣は叩き落とされ、けたたましい金属音が辺りに響き渡った。

「なっ!?」

驚嘆するエリオットの声。

こんなことを黙って見過ごすわけにはいかない。

――この人たちに手出しをさせるものか……っ。

未来を見るまっすぐな眼差し。崇高(すうこう)な心。

この三年で、すっかり見えるものが変わっていた。

それまでは『自分がどうしたいか』なんて考えたこともなかったのに、命をかけてでも守りたいものができてしまった。

「ステラさま！　こちらに…ッ！」

ルイは身を挺(てい)してレオナルドを守ると、体勢を整えてステラに目を向けた。

「ル…イ…」

「早く私の後ろに……ッ！」

「は、はい…っ！」

彼女は僅かな混乱を見せていたが、すぐさまルイに駆け寄ってくる。

しかし、ファレル側の衛兵はまだまともに反応できていない。辛うじてレオナルドの従者たちが対抗していたが明らかに劣勢だった。

――くそ、数が多すぎる……っ。

「皆ッ、剣を持って戦え！　こいつらは敵だ……っ！」

ルイは声を荒らげ、向かってくる兵士たちに剣を構えた。

この場を切り抜けるためには、今ここにいる皆で立ち向かわなければならない。剣がなければ、そこらにあるものを持てばいい。それもなければ拳を使え。無我夢中で声を張り上げ、剣を振るった。

「ルイに加勢しろ…ッ、ぼけっとするな！」

そのうちに、どこからともなく声が上がって皆が動き出す。

同時に、ファレルの兵士たちが駆けつけ、ガン…ッ、ガン…ッ、と、剣先がぶつかる音が響き、あちらこちらで乱闘がはじまった。

「——あ…っ!?」

そのとき、喧騒に紛れて小さな声が響く。

だが、誰一人それに反応した者はいなかった。その声は呆気なく激しい混乱の中に呑まれてしまったからだ。

「はあっ、はあ…っ」

ルイがそのことに気づいたのは、それからしばらく経ってからだった。

味方が増えて敵が分散したことで若干の余裕ができて辺りを見回すと、レオナルドは自ら剣をとって彼の従者と共に戦っていた。

若い頃とはいえ、レオナルドは数々の戦を経験している。

その姿はさすがとしか言いようのない勇猛さだった。

「……ステラさま？」

ところが、辺りを見回すも肝心のステラがいない。

一体、いついなくなったのだろう。

慌てて廊下に飛び出すが、彼女の姿はどこにも見当たらない。

乱戦のさなかに微かな声を聞いた気もしたが、はっきりとは思い出せなかった。

「ステラさま…、ステラさま——…ッ!?」

ルイはステラの名を叫び、廊下を駆け抜ける。

しかし、いくら呼んでも彼女からの返事はなく、ルイの声もいつしか喧騒の中に消えていった——。

❀

城中に響く怒声と悲鳴。
逃げ惑う人々、ぶつかり合う剣先の音。
ほとんどの者が己の身を守るだけで精一杯な状況の中、ステラは薄暗い部屋にいた。
少し前まで大食堂にいたが、敵味方が入り乱れた隙を狙われたのだろう。いきなり何者かに腕を摑まれ、気づいたときには城の一室に連れ込まれていた。

「――やっと二人きりになれたね……」

薄暗い部屋の中、聞き覚えのある声が響く。

廊下から聞こえる喧騒を気にかけながら、ステラは息を震わせる。

目の前にいたのは、この混乱を作ったエリオットその人だった。

「どうして…、こんなことを……」

「あぁ…、いい声だ。ゾクゾクするよ」

「な、なに…、近づかないで」

彼はステラの全身を舐め回すように見つめ、うっとりと息をつく。

ステラは強ばった顔で後ずさるが、腕を摑まれた状態ではなんの意味もない。

ステラが動けばエリオットも同じだけ動くから二人の距離が開くことはなく、ついには背が壁に当たって逃げ場を失ってしまう。

それでもなんとか逃げようと左右を見回していると、エリオットはステラを壁に押しつけるようにして抱きすくめ、白い首筋に顔を寄せて大きくすぅ…っと息を吸い込んだ。

「……いい匂い。堪らない」

「ひ…っ」

荒い鼻息が首元にかかって、ぞわぞわと全身に怖気（おぞけ）が走った。

ステラは堪らず小さな悲鳴を上げたが、エリオットは構うことなく首筋に唇を押し当ててくる。どうやら彼は、ステラの匂いに興奮しているようだった。

「ねぇ、エリオットと呼んでみて」

「や…、いや……」

「早く！　僕をエリオットと呼んで……っ！」

「……っ」

上ずった声でせがまれ、ステラは恐怖で身を固くする。

下手な抵抗をして逆上させたくない。

「……エ…、エリオット……」

ステラは怯えながら、彼の要求にか細く応じた。

すると、エリオットはぶるっと背筋を震わせ、陶酔しきった様子でステラの髪を撫ではじめた。

「あぁ、なんて綺麗な金髪……。ふふ…、君の目は青くないんだね。でも…、エメラルドもいいな……。は…ぁ…、こんな奇跡があるなんて思わなかった。君は、僕の理想そのものだよ……」

「……ひ…ぅ……」

エリオットは甘えを含んだ声で囁き、恍惚に染まった顔を近づけてくる。

しかし、その言葉の意味はよくわからない。青い目でなければなんだというのか。彼の理想など知ったことではなかった。

「ねぇ、もう一度エリオットと呼んで……」

「やめて…ッ！」

「あ…」

生温かい息が唇にかかり、ステラは思いきり彼を突き飛ばす。

はじめての口づけをこんな男に奪われるなんて絶対に嫌だ。

あまりのおぞましさに身体が勝手に反応した結果だったが、その衝撃で摑まれた腕が外れた。

逃げるなら今しかない。

ステラは咄嗟に扉のほうへ走り、なんとかこの場から逃げようとした。

「きゃあ…ッ!?」

だが、扉に手を伸ばしたとき、ふわりと身体が浮く。

追いかけてきたエリオットに抱き上げられ、そのまま近くのソファに押し倒されてしまった。

「いやっ、放して！　こ…っ、これ以上、触れることは許さないわ！」

「あぁ…、泣き顔もいい……。はぁ、はぁ…っ、もう…、放さないよ。絶対に何があっても……っ」

「やめて──…ッ！」

嫌がるステラに構わず、エリオットは強引に覆い被さってくる。身体が密着すると、彼はますます興奮し、下腹部の熱を太股に擦りつけてきた。

ところが、悲鳴を上げた直後――、

「……あ、あ……、母…上……」

「――ッ!?」

「ん…、いぃ……、あ、あ…、母上…、母上ぇ……」

耳を疑うその呟きに、ステラはぎょっとした。

――この人…、何を言ってるの……？

自分は彼の母親ではないし、そう呼ばれる謂われもない。

にもかかわらず、エリオットはステラの太股で股間を刺激しながら、『母上』と甘えた口調で呼び続けているのだ。理解を超えた状況に頭が真っ白になり、思わず動きも止まってしまう。

「――ステラさま……ッ！」

そのときだった。

突然、大きな音を立てて扉が開く。

同時に自分の名を呼ばれて、ステラは息を震わせた。

きっとステラがいなくなったことに気づいて必死で捜していたのだろう。血相を変えて飛び込んできたのはルイだった。

「ルイ…ッ！」

「ステラさ……──」

ルイはステラがソファに押し倒されていると気づくや否や、怒りの形相で駆け寄ってくる。ステラにのしかかるエリオットを強引に引き剝(は)がすと、力いっぱいその身体を床に放り投げた。

「な…、うわぁ…ッ!?」

エリオットは虚を衝かれてごろごろと床を転がったが、ルイは目もくれない。

素早くステラを抱き上げると部屋を飛び出し、振り返ることなく猛然(もうぜん)と走り出したのだった。

「申し訳ありません……っ、私が目を離してしまったばかりに……ッ」

「ルイ、ルイ……ッ」

「すべては私の力不足です……っ!」

ルイは廊下を走りながら、ひたすら謝罪していた。

けれど、悪いのは彼ではない。そんなふうに謝る必要がどこにあるのか。

ステラは何度も首を横に振って彼の首にしがみつく。

会えてよかった。ルイがいて本当によかった。逞しい腕に安心して、ステラは声を押し殺して涙した。

「──ルイ!」

それから程なくして、ルイを呼び止める声が掛かった。

ルイはすぐさま足を止めると、声のほうを振り返って目を見開く。廊下の先にある柱の向こうから、レオナルドが姿を見せたからだ。

「レオナルドさま……ッ！」

ルイは周囲を確かめながらレオナルドに駆け寄っていく。

見れば、レオナルドの傍には従者が二人いた。彼らは逃げることなく、ずっとレオナルドの傍にいてくれたのだろう。

「お父さま！」

「おぉステラ…、無事でよかった」

「はい…、お父さまも……っ」

無事な姿に安堵して、ステラの目に自然と涙が浮かんだ。

だが、今は再会を喜んでいるときではない。混乱はいまだ収まる気配がなく、廊下の向こうでは兵士たちが入り乱れて戦っているのだ。

レオナルドはその様子に眉を寄せ、途端に厳しい表情になった。

「ルイ、このままステラを連れて逃げろ」

「え？」

「この混乱に乗じて上手く逃げろ。おまえならできるはずだ。いや、やってみせろ」

思わぬ言葉に、ルイは息を呑む。

しかし、ステラを抱く手に力を込めると、彼は緊張した面持ちで低く答えた。

「……承知しました」

「頼んだぞ」

「ですが、レオナルドさまたちとはどこで落ち合えば……」

「儂か？　儂はここに残る。主が逃げ出すわけにはいかないからな。それでは降伏したも同然だ。それだけはならぬ」

レオナルドは口髭を指で撫でながらニッと笑う。

「そ…んな……ッ」

けれど、そんな話に頷けるわけがない。

逃げるなら父のほうだ。自分ではない。もしここで父が命を落としてしまったら、この先ファレル公国は大変な混乱に陥ってしまう。

ステラは真っ青になってレオナルドに手を伸ばそうとした。

「お父…——」

「ルイ、行け…ッ！」

だが、触れる前にレオナルドはルイに強く命じる。

強い意志を感じる眼差し。きっと何を言っても考えは変わらないだろう。

「いや…、いやです……、お父さま……っ」

それでもステラは手を伸ばそうとしたが、まるで『だめだ』とでも言わんばかりに一歩下がって拒まれてしまう。

「ステラ、おまえは儂の後継者だ。上に立つ者が、そのように不安そうな顔をしてはならん」

「……ッ」

「さぁルイ、早く行け……ッ！」

不意に、ステラを抱くルイの腕に力がこもる。

ステラは息を震わせ、何度も首を横に振った。

嫌だ。自分も残る。城の皆が戦っているのに逃げるなんてできない。ルイの腕から逃れようとしたが、彼は強い力でステラを抱え直して猛然と走り出した。

「ルイ、引き返して！　いやよっ、私も残るわ…っ！」

「……できません」

「ルイ…ッ、ルイ、止まって……ッ」

走り出したルイは、もう止まってはくれなかった。

ステラが懇願するたびに謝罪し、彼は廊下を駆け抜けていく。

途中、自分たちに気づいたイーストン公国の兵士に追いかけられたが、ルイはステラを抱えて走り続けた。そのまま裏庭に出た彼は木陰に身を隠し、追っ手の目が離れた隙に厩舎へ向かう。素早くステラを馬に乗せると、自分はその後ろに乗ってすぐさま厩舎から飛び出した。

「お父さま…っ、お父さま……ッ!?」

彼に後ろから抱きかかえられ、ステラは必死で父を呼んだ。

しかし、複数の蹄（ひづめ）の音が近づき、ルイはそれらを振り切るようにさらに速度を上げる。

それからしばしの間、複数の蹄の音に追いかけられていたが、いつしか夜の闇には自分たちの馬の蹄の音が響くだけとなった——。

第四章

永遠に感じるほど長い夜だった。

一晩中、闇の中を彷徨っているようだった。

それでも、明けない夜はない。

小鳥たちの愉しげな歌声。柔らかな風で揺れる枝葉の音。

悪夢のような夜を過ごしたステラのもとにも、一日の始まりは訪れていた。

「――もう…朝……」

追っ手から逃れて、偶然見つけた山小屋。

ステラはそこで何をするでもなく、古びたソファに座っていた。

窓から差し込む光を感じて顔を上げるが、あまりに眩しくて目が痛くなる。

泣いて泣いて泣き明かした夜。こんなふうに一睡もできぬまま朝を迎えたのははじめてだった。

——ギィ……。

そのとき不意に、扉が軋む音が響いた。

清涼な空気を感じて振り向くと、ルイの姿が目に映る。

彼は一晩中追っ手を警戒して何度も見回りに出かけていたが、今はそのついでに水を汲んできたのだろう。ルイは静かに扉を閉めると、水が入った桶を手にステラのほうに近づいてきた。

「……お水を汲んできたの？」

「ええ、すぐ近くに沢があったのを覚えていますか？　その先の岩場で湧き水を見つけたのです」

「そうなの……」

「ステラさま、喉は渇いていませんか？　昨夜から何も口にされていませんし、多少は空腹が紛れるかと思います。あ…、綺麗な水なので安心してください。飲んでも問題ありませんでした」

「……では、いただいてもいい？」

「今、ご用意します」

どうやらその水は、ステラのために汲んできたもののようだ。

しかも、山の水は飲めない場合もあるからと、自ら確かめてきたらしい。

——下手をすれば、自分がお腹を壊してしまうかもしれないのに……。

ステラは彼の優しさに涙が出そうになったが、すんでのところで堪える。昨晩から泣いてばかりいたのに、これ以上ルイに心配をかけたくない。彼の主人として、いつまでも情けない姿を見せるわけにはいかなかった。

「ステラさま、どうぞ」

「ありがとう」

ルイは棚にあったコップに水を注いでステラに手渡す。

そのコップはもともとこの山小屋にあったもので、念のためにとルイが洗いに行ってくれていた。

山小屋には他にもベッドやテーブルがあり、外には薪などが置かれていたが、今は誰かが住んでいるわけではなさそうだ。山の中腹にぽつんと建っているので、休憩に立ち寄るために作られた建物だろうとルイが言っていた。

「いただきます」

ステラはコップを受け取ると、少しだけ口に含んでこくっと飲み込む。

すごく美味しい。喉が渇いていたのもあって、ステラは我慢できずにごくごくと一気に飲み干した。

「……は…、こんなに美味しいお水ははじめて……」

「それはよかったです。もう一杯飲みますか？」

「じゃあ…、コップに半分だけ」

「わかりました」

ステラの反応に、ルイは嬉しそうに頷く。

空のコップを渡すと、彼はそれに水を注ぎながら躊躇いがちに口を開いた。

「あの…、ステラさま。少しお休みになってはいかがでしょう。昨晩から一睡もしていないようですから……」

「……ルイだって同じでしょう？」

「私は何日か眠らなくても大丈夫なように訓練しています。それよりステラさまの顔色がよくないので、お倒れにならないかと……」

「それは……」

ルイは心配そうにステラを見つめている。

けれど、どうしたって眠れそうにない。目を瞑れば昨夜の出来事が頭の中でぐるぐる回って、それどころではなくなってしまう。今だって父と別れたときのことを考えると、不安で押しつぶされそうだった。

――あれからお父さまは……。

父はどうなったのだろう。考えても何もわからない。

この山小屋には、城から数時間かけて辿り着いたのだ。

こんな場所から城の状況がわかるはずもなく、父や他の皆のことを思うと胸が張り裂けそうになる。

く。

「ス、ステラさま……っ」

知らず知らずのうちにステラの頬に涙が伝い、ルイは慌てた様子でソファの前に膝をつ

なんとか堪えていたのに、気を抜くとすぐにこれだ。

こんな弱い自分を見せたくなかったが、一度涙が出ると止まらなくなってしまう。

心配そうなルイの顔を見ていたら感情が抑えられなくなり、気づけば彼の首にしがみついてしまっていた。

「う…、あ、あの…っ、ステラさま……」

「ルイ…、ルイ……ッ、お父さまはどうして私に逃げろなんて……っ」

こんなふうに泣きすがるなんてどうかしている。

こんな疑問を投げかけたって、ルイを困らせるだけだとわかっていた。

なんて自分は未熟なのだろう。今まで何を学んできたのだろうか。

人の上に立つ者として、どんなときでも毅然としているべきなのに泣くことしかできずにいる。

「……っ」

「ステラさま…、泣かないでください……」

それでも、ルイは昨晩もステラが泣くたびに必死で宥めてくれた。

嗚咽を漏らしていると、彼はおずおずと背に腕を回してぽんぽんと撫でてくれる。その

ぎこちない動きにどれだけ救われたかわからなかった。

「あの…、ステラさま……。レオナルドさまは、そんなふうにステラさまを泣かせるために逃がしたわけではないと思います。もしもご自身に何かあったとき、ステラさまがいればファレル公国を立て直せると…、そうお考えになったのではないでしょうか……」

「……何か……」

「あ、いえッ、現実に何かあったと言っているわけでは……っ！　私は、レオナルドさまの無事を信じています。他の皆とも、必ずや再会できると信じています。ですから…、生き延びましょう。どうか、ステラさまも皆を信じてください」

「ルイ……」

まっすぐなルイの瞳に、ステラは思わず息を呑む。

彼がこんなふうに自分の考えを言うのははじめてだった。

驚くと同時に胸の奥からじんわりと温かなものが流れ出す。

ルイはなんて強いのだろう。泣いてばかりの自分とは違って彼は前を向いている。皆を信じ、立ち止まったままではいけないと励ましてくれているのだ。

そうだ。落ち込んでいる場合ではない。

ステラは彼の首にしがみつく手に力を入れてコクコクと頷く。ルイがいてくれてよかったと心からそう思った。

――ガサ……。

「……ッ!?」

そのとき、山小屋の外で物音がしてステラはビクッと肩を揺らす。

ルイを見ると、警戒した様子で窓のほうに目を向けていた。どうやら自分だけに聞こえた音ではなさそうだった。

風で何かが揺れた音だろうか。

それとも、本当に何かがいるのだろうか。

ようやく気持ちが落ち着きかけたところだったが、一気に緊張が高まった。

――ガサ、ガサ……ッ。

今度は、先ほどよりも大きな音だ。

ガサ…、ガサ…、と草を掻き分ける音のようにも感じられた。

よくよく耳を澄ませば、大きな足音の他に小さな足音も聞こえる。息をひそめている間も音はどんどん近づき、背に回されたルイの手にぐっと力が込められた。

――ギィ…。

ステラは扉が軋む音に身を固くする。

追っ手が来たのかもしれない。

山小屋を見つけて、確認しに来たのかもしれない。

そんなステラを隠そうとしてか、ルイは覆い被さるように抱き締めていた。

「うぉっ!?　あんたら、こんなところで何やってんだ!?」

「……、……え？」

だが、その直後に聞こえたのは、狼狽えた男の声だった。

敵兵かと思っていたのに、なんだか反応がおかしい。

ステラはぱちぱちと目を瞬かせる。ルイが身を起こして扉のほうに顔を向けたが、彼も困惑気味に眉根を寄せていた。

「まいったな、外に馬が繋がれていたから来てみれば……、若いもんは朝っぱらから元気だな。ここは男女がいちゃつく場所じゃねぇんだが」

小屋に入ってきたのは、立派な体格の大男だ。

何やらぶつぶつ呟いてはいるが、攻撃を仕掛けてくる様子はない。

男は動物の毛皮のようなものを羽織っていて、なんとも野性味溢れる姿をしている。鉄砲は持っているものの、その外見からして兵士ではなさそうだった。

――この人、この山小屋の持ち主かしら……？

勝手知ったる様子なので、この山小屋にはよく来ているのだろう。

もしかしたら、周辺の住人かもしれなかった。

「うわっ!?」

「……ッ」

と、そのときだった。

不意に黒い影が男の前をスッと横切った直後、ルイが突然面食らった様子で声を上げた。

「ルイ、どうし……――」

けれど、その正体はすぐに判明する。

黒くてふさふさの毛。愛嬌たっぷりの茶色の瞳。

黒い犬。それも大型の部類だ。

その犬がステラたちのいるソファに駆け寄ってくるなり、ルイの顔をぺろぺろと舐め回していたのだ。

「おい、バロン。知らない人間に挨拶なんて珍しいじゃねぇか。その兄ちゃんが気に入ったのか？」

「……ぅ……、うぅ……」

「バロン…、この子の名ですか？」

「そうさ、俺の狩りの相棒だ」

「狩り…、じゃあ、あなたは猟師さんなのですね？」

「あぁ、そうだ。おいバロン、その辺りでやめておけ。兄ちゃん困ってるだろ？　悪いな、二人がじゃれてると思って仲間に入りたかったみたいだ。その犬は一歳の雄でな、まだまだ遊びたい盛りなんだよ」

男はそう言って黒い犬――バロンに注意しながらステラたちに近づいてくる。

バロンはそこで舐めるのをピタリとやめたが、ハッハッと息を弾ませ、ルイに向けられた目は爛々と輝いたままだ。

どうやら、この犬は本当にルイが気に入ったみたいだ。

ステラは袖口で涎を拭う彼を見て口元が緩みそうになる。

しかし、ふとバロンと目が合い、思わず身構えた。

自分も飛びつかれて顔中涎まみれにされるのではと焦ったが、バロンは千切れそうなほど尻尾を振りながらごろんと床に転がると、今度は撫でてくれと言わんばかりに腹を見せてきたのだった。

「うはははっ、美人には完全服従か！　俺と一緒だな！」

小屋中に響く豪快な笑い声。

ステラはぽかんとしてルイと顔を見合わせる。

少々強面だが、悪い人ではなさそうだとわかり、緊張の糸が解けて互いにほっと息をついた。

だが、一安心した途端、ステラたちはようやく自分たちの体勢に気がつく。

「あ…、すっ、すみません……ッ！」

「え？　……あ…っ」

ステラが顔を赤らめると、ルイは慌てた様子で飛び退いた。しかし、勢いがよすぎたのか、彼はそのまま床に転げ落ちてしまう。

「ル、ルイ…ッ！」

「〜ッ」

頭から落下したのを見て、ステラはびっくりして身を起こした。

こんなルイははじめてだった。彼の傍に膝をつくと、その顔は珍しく真っ赤に染まっていた。

ステラは心配してすぐさまルイの頭に触れたが、彼の顔はさらに赤くなって自身の腕で覆い隠してしまう。特に怪我はしていないようだが、その様子を見ているうちにステラも自分の顔が急激に熱くなるのを感じた。

咄嗟のこととはいえ、彼はのしかかるようにしてステラを抱き締めていたのだ。

猟師の男が小屋に入ってきたときの反応を思えば、第三者にどう映っていたのかは想像がつく。自分たちの体勢が人に誤解を与えるものだったということだ。

「すっ、すみません…ッ、決してわざとでは……っ」

「う…、ううん。いいの、気にしないで……」

ステラは赤くなった自分の顔を手で押さえ、ぎこちなく首を横に振った。

今になって、ルイの腕の強さと服越しに伝わる体温を思い出して恥ずかしくなってくる。

互いに顔を赤くして動揺をあらわにしていると、猟師の男が不思議そうに二人の傍でしゃがみ込んだ。

「なんだか、ずいぶん初々しいやり取りだな。てっきりアレの最中に遭遇しちまったと思ったんだが違うのか？」

「い、いいえ、さっきのは……」

「そういえば、二人ともずいぶん上等な服を着てるんだな。特に娘さんのほうは、どう見ても町娘って雰囲気じゃやねぇな……」

「そ…、それは……」

「……もしかして、ワケありか？」

「ッ！」

男はステラとルイを交互に見ると、いきなり核心をつく質問をしてきた。

ステラはびくんと肩を揺らし、ルイは顔を強ばらせる。

まさか一瞬でそこまで見抜かれるとは思わず、その鋭い観察眼に言葉が出ない。

――ファレル公国の人なら、事情を話せば力を貸してくれるだろうか……。

一瞬ステラの頭をそんな考えが過ったが、すぐにその思考は打ち消した。

もしも助けてくれたとしても、その情報がなんらかの形でイーストン公国の者たちの耳に入ればどうなるだろう。突然城を襲うような野蛮な連中が、協力者に危害を加えないわけがない。下手に協力を仰いで危険に晒(さら)すわけにはいかなかった。

「なるほど、駆け落ち…か……」

「……え」

黙り込んでいると、男は何かを察した様子で神妙に頷く。

「そうか…。好きな相手と引き裂かれそうになって一緒に逃げてきたのか……。良い家に生まれるのも大変なんだな。世の中、ままならねぇもんだ……」

男はため息をつき、眉を寄せて首を横に振る。

哀れみを込めた眼差し。しんみりした口調。

どうやら彼は、ステラたちが駆け落ちしたと勘違いしているようだった。

「あの……」

「あんたら、すごいな。駆け落ちなんて半端な覚悟じゃできねぇよ。こんなとこで出会ったのも何かの縁だ。俺も何か協力してやりたいが……」

「いえ、あの…っ」

「あ、そうだ！　二人とも、ちょっとここで待っててくれるか？　すぐに戻ってくるからよ」

「えっ!?」

「ほんの一時間ほどだ！　待ってろよ！」

一体何を思いついたのだろう。男は立ち上がるとすぐに扉のほうへと向かい、そのままどこかへ行こうとした。

——まさか人を呼ぶつもりでは……。

ステラが慌てて立ち上がると、それより先にルイが男を追いかけていく。

おそらく、彼も同じことを危惧しているのだろう。ルイの後ろをバロンが尻尾を振って追いかけ、ステラはそのあとに続いた。

「待ってください…ッ！」

「うおっ!?」

「あの…っ、折角のご厚意ですが、お気持ちだけで充分です！　見ず知らずの方に何かしていただくわけには……、本当に何も……っ！」

「兄ちゃん？」

やはりルイも人を呼ばれると思ったようだ。男の腕を掴んで引き留める姿は少々強引に思えるほどだった。

「ん？」

ところが、そんな様子を横目に、男は掴まれた腕に目を落とす。

数秒ほどじっと動かずに腕を見ていたが、少ししてルイに目を戻すと、思わぬことを口にした。

「兄ちゃん、熱あるだろ」

「……え」

「風邪…？　それとも、怪我でもしてるのか？　見たところ、特にそんな様子は……。あ…、腕のところ、少し服が破けてるな。それ、どうしたんだ？」

「あ、いえ…、これは……」

男が指摘すると、ルイは顔色を変えて破けた場所をさっと隠す。

それでは怪我をしていると言っているようなものだ。ステラが目を見開くとルイは俯き、それを見て男はため息をついた。

「……怪我、してんだな？　我慢してたのか」

「別に大した怪我では……」

「馬鹿っ、怪我を甘く見るもんじゃねぇぞ！　それで命を落とすことだってあるんだからな！　とにかく待ってろ！　ついでに薬も持ってくるからよ！」

「あ、待っ……――」

「わかったわかった、誰にも言わねぇから心配すんな！　いいからじっとしてろよ。バロンは置いてくから一緒に待ってるんだぞ！　こいつは番犬としても優秀なんだ。怪しいやつには吠えつくから、俺が戻る前に何かあったら逃げればいい！」

　そう言うと、男はルイの手を振りほどいて走り出す。

　あんなに大きな身体なのに、なんて足が速いのだろう。黒い毛皮を羽織っているからか、遠目には熊が疾走しているかのようだ。声を掛ける間もなく、男の姿はあっという間に森の奥に消えてしまった。

　だが、もう追いかけるどころではない。

　それよりも、今はルイのほうが問題だった。

「ルイ、小屋に戻りましょう」

「え、あの」

「だって、もうあの人に追いつけそうにないもの。今は誰にも言わないという言葉を信じるしかないわ。それよりも、ルイが怪我していたなんて……。私、何も知らずにたくさん無理をさせてしまったわ……」

「ステラさま……」

「とにかく、早く戻りましょう」

ステラは服が破けていないほうの彼の腕を摑み、山小屋へと連れ戻す。

そのままベッドまで連れて行き、怪我を見せてほしいとお願いしたが、ルイは戸惑うばかりではじめは見せてくれなかった。けれど、ステラが根気強く待っていると、ようやく諦めたようで、ルイは黒い上衣を脱いで躊躇いがちに血に染まったシャツを見せてくれた。

「こんなに血がついて……」

「ちっ、違うんです！」

「違うって何が……」

「その…っ、血はもう止まっているのです。怪我をした場所は湧き水で綺麗に洗い流しましたし、ハンカチで腕を縛っていたら朝までには血も止まっていました。ですから、本当に騒ぐほどのことではないのです」

「だけど熱があるのでしょう？」

「それは…、先ほどの男の気のせいかと……」

すっと目を逸らされ、ステラはむっとした。

これはどう見ても強がりだ。

ステラは唇を引き結ぶと、思いきってルイのシャツに手を伸ばした。はしたない真似だとわかっていたが、許可を得ることなく強引にボタンを外していく。ルイは驚いて固まっていたけれど、自分の目で確かめるまでは引き下がれなかった。

「腕…、ハンカチで縛ったままだったのね。解いていい？」

「あ、あの…、解くと傷が見えてしまいます……」

「どのみち、あの男の人が戻ってきたら見せるのでしょう？」

「ですが……」

「ごめんなさい、見せてもらうわ」

これだけのやり取りでさえ、もどかしくて仕方ない。

ステラは先に謝罪をすると、素早くハンカチを解いていく。

すると、ようやく彼の傷を直接目にすることができたが、あらわになった上腕には刃物で線を引いたような裂傷があった。

――確かに、深い傷ではなさそうだけれど……。

見たところ、傷は五センチ程度だろうか。

周囲が紫になって痛々しい。少し膿んでいるのか、腕に触れてみると普通の体温よりも高い気がした。

「ルイ、横になって。あの人が戻ってくるまで寝ていたほうがいいわ。昨日からまったく休んでいないでしょう？」

「ステラさまのほうが」

「今は私の心配なんてしなくていいのよ。……あ、さっきの水を用意しておいたほうがよさそうね。使えるかもしれないわ」

「それは私がやります」

「だめ！　ルイは寝ていて！」

「は…、はい……っ」

こんなときでさえ、ルイは自分で動こうとする。

強く言わなければ聞いてくれないと思って厳しい口調になってしまったが、少しくらい頼ってほしい。あのまま何もせずに悪化していたらと思うとぞっとする。我慢なんてしてほしくなかった。

ステラは水の入った桶をベッドの傍に置くと、棚から布を探し出したり椅子を持ってきたりと休むことなく動き回っていた。

ルイは『だめ』と言われたので手を出せなかったのだろう。ステラの動きをただひたすら目で追っているだけだった。

ステラはベッドに横になる彼を気にかけながら、布を水に浸してぎゅっと絞る。その水音に興味を抱いたバロンが近づいてきてじっと見ていたが、「いい子でね」と言うと尻尾を振って大人しく座っていてくれた。

「──待たせたな、いいもん持ってきたぞ！」

男が戻ってきたのは、それからしばらくしてからのことだった。

一体何を持ってきたのか、麻袋がぱんぱんに膨らんでいる。

ステラが不思議そうにしていると、男はにやりと笑い、その麻袋からさまざまなものを取り出した。

「まずは二人の服だ。そんな上等な恰好で街に出たら目立つからな。俺の嫁さんの若い頃のと…、俺が若い頃のやつ。昔は細かったから、ちょうどいいと思ってな。あぁ、もちろん内緒で持ってきたから心配すんなよ」

「そんな…、勝手に持ってきたら奥さまに怒られませんか？」

「大丈夫だって！　棚の奥にしまったきりなんだから気づきやしないさ。あとは日持ちする食料が少しと火起こしの道具だろ。怪我によく効く軟膏と…、こっちの葉っぱは、炎症を鎮める効果があるんだ。軟膏を塗ったあとにこの葉っぱを当てとくといい。煎じて飲んでもいいんだが、かなり苦いから熱が続くようなら試してみるんだな。なに、そんな顔しなくても、しっかり手当てすればすぐに元気になるさ」

男はあれこれ手に取っては細かな説明をしてくれた。

それらすべてを自分たちのために用意してくれたことに驚きを隠せない。

なんて親切な人だろう。大柄で強面な外見に威圧感を覚え、はじめは警戒していたが、まさか見ず知らずの自分たちにここまでしてくれるとは思わなかった。

「ありがとう…ございます……っ」

「おいおい、泣くなって。ほら、俺は美人に弱くてさ。それだけなんだからよ。バロンも兄ちゃんのこと気に入ったみたいだし、なんかほっとけなくってな……」

「あの…、お名前をお聞きしていいですか？　いつか必ずお礼に伺います」

「そんなのいいって！　俺が勝手にしたことなんだから！」

「でも…っ」

「じゃあ…、そうだな。いつか偶然会ったときに茶でも奢ってくれ、な？」

「……はい！」

ステラの笑顔に、男はまんざらでもなさそうだ。

照れたように頭を掻くと、ベッドに横になったルイにこそっと囁いた。

「兄ちゃん、頑張れよ。いろいろとな」

「……え？」

「ふははっ、じゃあな！」

「もう行ってしまうのですか？」

「あぁ、もう行くよ。……っとそうだ。もし街に出るなら、すぐそこの沢に沿って山を下りるといい。途中で分岐の道に出るが、右は城のある都、左は海沿いの街へ続いてるんだ。あとは上手くやってくれよな。それから、バロンは番犬として明日まで置いといてやる。あんたらの馬の傍に繋いでおくから、吠えるようなら気にしてやってくれ。明日の昼すぎにでもまた来るつもりでいるが、俺を待っている必要はないからな」

「ご親切にありがとうございます」

「じゃあ、元気でな。バロン、おまえはあっちだ」

男は笑顔で頷き、扉のほうへ向かう。

すると、ベッドの傍で寝そべっていたバロンも立ち上がって男についていく。

ステラが深々と頭を下げると、男は最後に軽く手を振り、また少し照れた様子で笑って山小屋をあとにした。

人の優しさが、これほど胸に染みたのははじめてだ。

今はできることを一つひとつしていこう。

感謝で胸がいっぱいになり、ステラは涙を手で拭ってベッドに戻った。

「ルイ…、ご厚意に甘えて、今日もここに泊まりましょう」

「え？　しかし……」

「たぶん、この辺りにはまだなんの情報も来ていないんだわ。あの人、城が襲われたことは触れなかったでしょう？　山を下りるときの説明でも、騒ぎがあったことを知っていたら何かしら忠告してくれるはずよ。あんなに親切な人なんだもの」

「……言われてみれば」

「だから、今は食事をして睡眠を取って……、それで熱が下がったら、明朝にここを出ましょう」

「ステラさま……」

「休めるときは休む。大事なことよ」

「……はい、わかりました」

ルイはじっとステラを見つめ、掠れた声で頷いた。

いつになく疲れた顔をしている。今までずっと気を張っていたのが、多少緩んだからかもしれなかった。

「手当て…、させてね」

「……は…い」

ステラは水で絞った布で彼の傷口を優しく拭って、軟膏を塗り込んでいく。

彼は抵抗するのを諦めたようで、素直に受け入れていた。

ただ、熱のせいか、目が僅かに潤んで、頬が上気しているのが気がかりだった。

――どうか、よくなりますように……。

ステラは心の中でルイの回復を強く祈る。

気丈なふりをしていたが、大きな病気や怪我をしたことがない彼が弱っている姿を見るのは、本当は怖くて仕方なかった。

——その日の夕方。

山小屋でもう一日休んでいくと決めてから、ステラたちはこれまでになく静かな時を過ごしていた。

猟師の男が麻袋にあれこれ詰めて持ってきてくれたのは、おそらく昼前のことだ。

彼が帰ってからステラはすぐにルイの手当てをして、その後は二人で軽く食事を取ったが、それからしばらくの間の記憶がない。外に繋がれているバロンはとても静かで、追っ手が来る気配がないことに安心したのもあるだろう。ソファで休んでいるうちに眠ってしまい、気づけば夕方になっていた。

「……う……ん……」

ステラが目覚めたとき、そこはベッドの上だった。

いつ移動したのか覚えていない。ぼんやりした頭で辺りを見回すと、ルイはソファに横たわっていた。

「えっ、どうして…っ!?」

一体、どれだけ熟睡していたのだろう。

ステラは慌ててベッドを下りてソファに駆け寄る。彼がベッドに運んでくれたのはまず間違いないだろうが、そのことにまったく気づいていなかった。

日が沈みかけて山小屋の中も薄暗くなっているからルイの表情はよく見えない。

しかし、腕に触れてみると異様に熱く、呼吸も荒い。顔を近づけると、ステラの首筋に熱い息がかかった。

「……っ、すごい熱……。どうすれば…、あ、さっきの薬草……」

ふと猟師の言葉を思い出して、ステラはベッドのほうへ駆け戻る。

ルイの傷に当てている葉は、煎じて飲めば熱を下げる効果があると言っていたから、もしものためにと思って用意しておいたのだ。

薬草を煎じた液は木の器に入れ、ベッドの傍の小さなテーブルに置いてある。

その器を手に取り、すぐにソファに戻ろうとしたが、ステラはそこではたと気がつく。

――そういえば、水を用意していないわ。

ルイが朝に汲んでくれた水は、彼の傷を手当てするときにすべて使ってしまったことを思い出し、ステラは自分が汲みに行くつもりで桶を手に取った。

「……あっ!?」

けれど、なぜか桶が重くて足下がぐらついてしまう。

なんとか体勢を立て直し、桶の中を確認すると水がたっぷり入っていた。

――まさかルイが……?

ステラはハッとしてソファに目を移す。

そうとしか考えられない。ルイはステラをベッドに運んだあと、水がなくなっているのに気づいて汲んできたのだろう。

「私…、どれだけ寝ていたのよ」

何も気づかず熟睡していたなんて信じられない。

ステラは唇を噛みしめると、木の器と桶を持ってルイのもとへと戻る。自分が情けなくて仕方なかったが、今は余計なことを考えている場合ではなかった。

「ルイ、ルイ…、聞こえる？」

「……ん」

「ルイ、お願い。少しだけ起きられる？」

「……、……ぅ……」

声を掛けると、ルイの瞼がぴくりと動く。

だが、僅かに反応するものの、彼の目はなかなか開かない。

聞こえていないのか、それとも思った以上に熱が酷いのだろうか。

そっと顔を覗き込むと、ルイは眉間に皺を寄せて苦しそうに息を乱す。唇を小さく震わせ、途切れ途切れに何かを呟いた。

「……な…さい……」

「ルイ？」

「……う…ぅ」

「苦しいの？　あ、あのね、ルイ、この薬は炎症を抑える効果があるって……」

「ごめ…なさい……、…ごめ…ん…なさい……、……に……うえ……」

「え？」

ステラは目を丸くして動きを止めた。

彼は苦悶(くもん)に満ちた表情でひたすら謝罪を繰り返していたが、掠れるほど小さな声で何に対して謝っているのかはわからない。少なくとも、ステラ自身はこんなふうに謝罪される覚えはなかった。

「う…、うぅ……、いや…だ……」

「……いや…？　どうしたの、ルイ。何がいやなの？」

「いやだ、いやだ…、いやだ……」

顔を覗き込んでいると、今度は何かを拒絶しはじめる。

一体、どんな夢を見ているというのだろう。

酷くうなされているようだから、強引にでも起こしたほうがよさそうだ。

そう思ってルイに触れようとすると、まるで見えているかのようにその手を摑み取られた。

「あ……」

「……行かないで…、ください……」

「え？」

「いやだ……。……そんな男…、あなたに似合わない……」

「ル…イ……？」

絞り出すような切ない声。

熱い手の感触が、やけに心をざわつかせた。

もしかして『あなた』とは自分のことだろうか。だとしたら、『そんな男』とはエリオットのことだろうか。

ステラは何かを紡ごうとしているその唇に釘付けになった。

「……あ」

ところが、それから数秒もしないうちにルイの目がうっすらと開く。

続きの言葉を聞けなかったことに思わず力が抜ける。

目が合うと、ステラはハッと我に返って慌てて問いかけた。

「ル、ルイ…、あの…、私がわかる?」

「……ステラ……さま……」

「あ…、よかった。わかるのね。……な、なら、少しだけ口を開けてくれる? 熱が酷いようだから、薬を飲まないといけないの」

心なしか、ルイは目をトロンとさせていたが、問いかければすぐに反応する。摑んだ手を放そうとはしないものの、目の前の相手がステラだということはわかっているようだった。

――さっきのは、熱のせいで変な夢を見ていただけよ……。

ステラは自分にそう言い聞かせ、ひとまず気持ちを切り変えることにした。

苦しそうに謝罪を繰り返したり、何かを嫌がる様子が頭の中でちらついていたが、今は薬を飲んでもらうのが先だ。

　ステラは握られた手をそっと外して、ルイの頭を自分の腕で支える。口元に木の器を近づけると、自然と彼の口が開き、すかさずそこに薬を流し込んだ。

「ん…っぐ…!?　げほっ、ごほっ！」

「ルイ!?」

　だが、ルイはすぐに薬を吐き出してしまう。

　一瞬、気管支に入ってしまったのかと焦ったが、ややあって彼は顔をしかめて途切れ途切れに訴えた。

「に…、苦…い…です…」

「苦い？　あ…、そういえば、そんなことを言っていた気が……。で、でも…ッ、飲まないと辛いままよ。だから少しだけでも飲んでくれないと」

「うぅ…、っぐ……、げほっ、がぼっ」

「ああっ、ごめんなさい……っ」

　苦いと言っても我慢できないほどではないだろう。

　そう思って、やや強引に飲ませようとしたが考えが甘かったようだ。

　一体どれほどの苦さなのか、彼は薬が口に入った途端、激しく咽せてすべて吐き出してしまった。

「そ、そんなに苦いの……？」

「げほっげほ…っ、か…、かは……ッ、は…ッ」

「ごめんなさい。そんなに苦いとは思わなくて……。大丈夫、ルイ？」

「……は…、あ……ぅ……」

ステラは慌ててドレスの裾で彼の口元を拭い、オロオロしながら顔を覗き込む。

すると、彼は肩をびくつかせ、顔を赤くして急に大人しくなる。

あれほど咳き込んで苦しそうだったのが嘘のように、ステラと間近で目が合うや否や、ルイは惚けた様子で動かなくなってしまった。

――あ、今なら飲んでくれそう……。

僅かに開いた唇。ぼんやりした顔。

大人しくなった理由などあとで考えればいい。今のステラは、どうにかして彼に薬を飲ませなければと、それしか頭になかった。

「ルイ、どうか許してね！」

「……え？」

ステラは一言謝罪をすると、意を決して木の器に自分の口をつけた。

そのまま薬を口に含んで喉をきゅっと窄め、ルイに顔を近づける。

想像以上に苦くて吐き出しそうになったが、なんとか堪えて彼の唇に自分の唇を押しつけた。もちろん誰ともしたことのない行為だったけれど、彼に薬を飲ませるにはこうするのが一番手っ取り早かったのだ。

「――ッ、ん、ぐ……ッ、……ぅ、んっく……」

「の…、飲んだ…？　じゃあ、もう一口……」

「んぅ…、っく、……ん、ん……」

口移しで薬を流し込むと、ルイは目を見開いて身を固くしたが、程なくしてごくんと飲み込む音がして喉仏が大きく動く。

やっと飲んでくれた。ステラはほっと息をつき、その後ももう一口、もう一口と木の器から薬がなくなるまで続けた。いつ吐き出しやしかないかと内心冷や冷やしていたが、ルイは最後まで大人しく飲んでくれた。

「っは…、よかった……。でも…、に…、苦い。本当になんて苦さなの……」

ルイがすべて飲んだのを確かめると、ステラは口内に広がる苦みに顔をしかめる。

自分の唾で薄めようとしたが、そうすると喉のほうまで苦みが広がって咽せそうになってしまう。水を飲めば中和されるかもしれないと思い、桶の水を汲みにルイから離れようとすると、いきなり腕を取られて引き戻された。

「あっ!?」

突然の強い力に、ステラはよろめいて転びそうになった。

しかし、それより前にルイは自分のほうにステラを引き寄せる。間近で顔を合わせると、彼は熱く息をついて掠れた声で囁いた。

「……行かないで……ください……」

「……っ」

先ほどうなされていた彼の姿と重なり、どくんと心臓が跳ねる。

一瞬、あの続きを言おうとしているのではないかと思ったが、彼が求めたのは予想外のものだった。

「もっと…、今のがほしいです……」

「い…、今のって…、さっきの薬のこと？」

「……もっと、ください」

「でも…、全部飲んでしまったし、これ以上はもう……」

「もっと……」

何度ないと言っても、ルイは「もっと、もっと」と繰り返すばかりだ。

こんなに苦いものをほしがるなんて、どうかしている。

ステラは信じられない気持ちでルイを見つめていたが、彼のことだから早く熱を下げようとしてそんなことを言い出したのだろうと思い直し、宥めるように優しく諭した。

「ルイ、もうあれは飲まなくていいのよ。あとはゆっくりベッドで眠ればいいの」

「……ベッド…？」

「そう、こんなところで寝ては身体が休まらないわ。ベッドはルイが使っていいの。遠慮なんてしてはだめ。私がそうしてほしいのよ」

「……」

「ね、だからベッドに戻りましょう？」

「……、……はい」

ルイはぼうっとした様子でステラの言葉を聞いていたが、しばらくしてコクンと頷く。ゆっくりと身を起こしたのを見て、ステラは彼を安心させるためににっこりと微笑んでみせる。先に立ち上がると、ルイもあとを追うように立ち上がったので、ベッドまで付き添うつもりで彼が動き出すのを待っていた。

ところが、その直後、

「あっ!?」

突然身体がふわりと宙に浮き、ステラは小さな声を上げた。

背に回された逞しい腕。膝裏を抱えた熱い手の感触。

ステラはなぜかルイに横抱きにされていた。困惑気味に左右を見回していると、彼はベッドのほうへ歩き出した。

「あ、あの…っ、ルイ、違うの…っ！　ルイがベッドを使うのよ！　私のことは気にしなくていいの。さっきも言ったでしょう？」

「……」

「ルイ、聞こえてる？　私の言ってること、わかる？」

「……はい」

だが、ルイは返事をするものの、ステラを下ろそうとはしない。

若干ふらついてはいるものの、彼はステラをしっかり抱きかかえていて、絶対に落とさないという意志が伝わってくる。そうこうするうちにベッドに辿り着き、ルイはそこでようやくステラを下ろした。

「……ルイ？」

ステラはベッドに腰かけた状態で彼を見上げる。

ルイの目はどこか虚ろで、呼吸も荒い。

ハラハラしていると彼の身体がぐらつき、ステラは慌てて手を伸ばした。

「あぶな…、——きゃあっ!?」

しかし、ぐらついた身体はステラに倒れかかってきて支えるどころではない。

ステラはすぐにルイの重みに堪えられなくなって、押し倒されるような恰好でベッドに倒れ込んでしまった。

「う…、重…い……」

熱くて重い身体。のしかかるルイの身体。

ステラは彼の下で身を捩ろうとしたが、首筋にかかる息に反応して思わず声が出てしまう。

「……ん、あ……っ」

鼻にかかったような喘ぎ。はじめて聞く自分の甘い声。

——今の…、私の声……？

ステラはびっくりして声を呑む。

ちょっとした事故なのに、喘ぎ声を出している自分に驚きを隠せなかった。

「い、今のは違うの…っ」

ステラは真っ赤になってルイの胸を押し返そうとする。

けれど、それより前にステラの両手はベッドに組み敷かれ、彼の唇に自分の唇を塞がれてしまう。

「んっ、ん…ぅ…っ!?」

ステラは肩をびくつかせ、くぐもった声を漏らす。

ルイは唇を塞ぐだけでなく、いきなり舌を差し入れてきて、せがむように口の中を掻き回してきたのだ。

「もっと…、もっと……、ください……」

「んん、ル…イ……」

「もっと……」

「……う、ん…ぅ…、薬…は、もう…ないのよ……。そんなことをしても……、ん、んぅ……っ」

潤んだ瞳。熱い吐息。

これでは口づけだ。激しい口づけをしているみたいだ。

ステラはさらに顔を真っ赤にして身を捩る。こんなのはおかしい。ルイはきっと熱でおかしくなってしまったに違いないと顔を背けようとした。

「ステラさま…、……です……」

「……え？」

ところが、不意に聞こえた囁きにステラはそこで動きを止めた。

「……です……、…き…です……」

はじめは、あまりに小さな声でよく聞き取れなかった。

けれど、ルイの唇はひたすら同じ動きを繰り返していた。

それを耳にしているうちに段々何を囁いているのかわかってきて、ステラは息が止まりそうになった。

「好…です……。好きです……」

「……ッ」

熱に浮かされた眼差し。

繰り返される告白。

——これは…、何かの夢……？

城を襲われて、逃げ延びた先で過ごす二人きりの夜。

古びた山小屋。ベッドとソファとテーブル。小さな棚が一つあるだけの部屋。

日常とかけ離れた状況も相まって、すぐには現実を呑み込めない。

彼はこれまで、ステラに特別な感情がある素振りなど一度も見せたことがなかった。

レオナルドの命令でステラの従者になっただけで、自分だけが彼が好きなのだと思っていたから、都合のいい夢を見ていると言われたほうがよほど納得できた。

「好き…です……、好きです……」

「ん…っ、っふ、ん…う」

「ステラさま…、好きです……」

「……ル…イ……」

辿々（たどたど）しく舌を搦め捕られ、熱い息が唇にかかる。

呆然としながらも、切なげに名を呼ばれてどんどん胸が苦しくなっていく。

そのうちに、城で襲われたときに身を挺して守ってくれたことが頭を過り、涙が込み上げて止まらなくなる。あのときルイが助けてくれなければ、父も自分もどうなっていたかわからない。エリオットに部屋に連れ込まれたときも、ルイが見つけてくれなければ無理やり抱かれていたかもしれなかった。

「ずっと…、好きでした。あなたを、他の誰にも渡したくありません」

「……ルイ……ッ」

その言葉に、ステラはついに我慢できなくなって彼にしがみつく。

こんなことは、公女として決して許されないだろう。今は父の安否も城がどうなったかもわかっておらず、考えなければいけないことは山ほどあるのだ。

それなのに、どうしても自分の気持ちに逆らうことができない。

　ずっと好きだった人と想いを通わせることができるのは今だけかもしれないと思うと、冷静でなどいられなかった。

「私、……私もルイのことが好き……っ！」

「――ッ」

　抱き締める彼の腕は燃えるように熱い。

　それはきっと、熱のせいだけではないだろう。

　――後悔は…、しないわ……。

　いずれ公国を導く身として、あるまじき行為だということはわかっている。

　けれど、自分たちが明日も生きているとは限らないのだ。

　追っ手に捕まってしまう可能性もある。そのときはもう二度と、ルイと触れ合うことはできないだろう。今度こそ、エリオットに抱かれてしまうかもしれない。恐怖の中で、好きでもない男に犯されるのだ。

　ならば、その前にルイに抱いてほしかった。

　たとえそれでルイの子ができたとしても構わない。エリオットと結ばれるよりも、遥かに国のためになるとさえ思えた。

「ステラ…さま……」

　ルイは息を震わせ、濡れた瞳でステラを見つめている。

　徐々に互いの顔が近づき、目を閉じるとそっと唇が重ねられた。

「……ん」

　これが夢であるわけがない。

　今の自分にとっては、ルイを感じられることがすべてだった。

　やがて唇の隙間から彼の舌が差し込まれ、上あごを舌先で突かれる。くぐもった声を漏らすと、彼はステラの舌を愛撫するように辿々しく舐めはじめた。

「ん、っふ…、ん……」

「……っは、……ステラ…さま……」

　さっきまで口の中が苦かったなんて信じられない。

　ルイとの口づけはどんな砂糖菓子よりも甘く、生まれてはじめてステラを淫らな気持ちにさせていた。

「好きです…、ステラさま、好きです……。どこにも行かないでください。私を必要としてください。どうか捨てないでください……」

　首筋や鎖骨に口づけをしながら、ルイは囁き続ける。

　自分はここにいる。誰よりもルイが必要だ。そんな哀しいことを言わないでほしい。

　彼は不安げにステラを見つめながら、背に回した手を少しずつ腰のほうへと移動させていく。しばし腰の辺りを確かめるように触っていたが、その手はさらに下のほうへと移動し、ステラのお尻や太股を弄（まさぐ）った。

「あ…、っん……」

その性急な動きに身を捩ると、胸元に口づけられてびくんと肩を揺らす。

猟師にもらった服にはまだ着替えていなかったから、ステラは城から出てきたときのドレスのままだ。これまであまり気にすることがなかったが、胸元が大きく開いたエンパイアドレスはかなり無防備な恰好なのかもしれない。

ルイはいつになく興奮した様子で、ドロワーズの裾を引っ張りながらドレスの胸元付近を咥えてぐっと下に引っ張ってくる。それほど強い力ではなかったが、少し引っ張られただけで乳首が見えそうなくらいまで肌が露出してしまい、ルイはますます興奮して息を弾ませていた。

「ん、ルイ…、そんないきなり……」

彼は柔らかな膨らみに口づけると、今度は乳房に舌を這わせはじめる。

それからすぐに生地の隙間に舌が差し込まれ、胸の突起を嬲られてステラは顔を真っ赤にして身を捩った。

「ん……やっ」

「イヤ…ですか？」

「あっ、ん…、そういう…わけでは……」

「なら…、もっとしてもいいですか？　駄目なら…、そう言ってください。ステラさまが好きすぎて、どうにかなってしまいそうなんです」

「……ん、あぁ…、ルイ……」

「ステラさま…、ステラ…さま……ッ。ずっとこんなふうにしたかった。あなたのすべてを確かめてみたかった……っ」

「あ…、あ…あぁ……っ」

熱い舌先、ドロワーズの腰紐を探して肌を弄る大きな手。

ルイが息をするたびに熱い風が肌にかかり、その興奮に引きずられてステラの声は甘い喘ぎへと変わってしまう。

今のルイは、どう見てもいつもの彼とは違う。

けれど、ステラにはそんなことを冷静に考えている余裕はなかった。

ずっと想い焦がれてきた人に触れられて、心が高ぶらないわけがない。多少の性急さがあったとしても、ルイに求められていると思うだけで悦びのほうが遙かに勝っていた。

「はっ、ん…んぅ……」

それから間もなく、ドロワーズの腰紐が解かれていく。

途端に腰の辺りが緩くなって心許なさを感じていると、ルイは身を起こして貪るような口づけをしてくる。ステラがくぐもった喘ぎを上げる中、ドロワーズは少しずつ脱がされ、やがて左の足首に引っかかった。

「ん、んぅ…んん」

ルイはそこでドロワーズから手を放すと、すぐさまドレスを捲り上げてくる。

その動きは羞恥の声を上げる間もないほど素早く、太股や恥部、お腹から乳房まで空気に晒されてしまう。激しい口づけで息が苦しくなってステラが顔を背けると、ルイは身を起こして一気にドレスを脱がし、あっという間に一糸纏わぬ姿にされてしまった。

「……これが…、ステラさまの身体……」

ルイは釘付けになった様子で、ステラの身体をしばし凝視していた。

しかし、すぐに何もせずにいられなくなったようで、そっと膨らみに触れると腹部に向かって指を滑らせていく。

指先はやがておへそに辿り着き、さらにその下へと動いて薄い茂みを掠めた。

「あ…っ」

「……ッ」

だが、ステラが声を上げると、彼は息を呑んで乳房まで指を戻す。

誤魔化すように乳房を揉みしだくが、ルイの視線はステラの秘所に向けられたままだ。

夕暮れ時で部屋が薄暗いのがせめてもの救いだが、彼はステラの脚の間に身体を割り込ませているから、多少なりとも見えているのだろう。そのうちに我慢できなくなったのか、ルイはもう一度腹部まで手を伸ばしたあと、ステラの秘所にそっと指で触れた。

「あぁ…っ！」

「……柔らかい。それに、少し濡れています」

「あ、あぁう…、嘘…、濡れてなんて」

「でも…、動かすと指がステラさまの蜜で光るのです。ほら、こうすると湿った音がするでしょう?」

「あっあっ、そんなところ触っちゃ……っ、指…、動かさないで……っ」

ルイはステラの秘部に触れるや否や、感動した様子で目を輝かせていた。

濡れているとわかると、今度は襞を擦り、わざと音が出るような動きをしてみせる。

ステラは顔を真っ赤にして否定したが、ルイが指を動かすたびにクチュクチュと淫らな水音が響いているのは紛れもない事実だった。

「この小さな突起を擦ると、ステラさまの中心から蜜が溢れてくるのです。身体もどんどん熱くなって、敏感な反応になるのがわかります。とても淫らで…、狂おしい気持ちになってしまいます……」

「あ、いやっ、だめ…っ、あっあっ、ソコは擦らないで……っ」

「ステラさまのココ…、とても可愛らしいです……」

「ひん…っ、あぁぁあ……っ!」

そのとき、不意にルイがうっとりとした表情で身を屈め、ステラは悲鳴に似た嬌声を上げた。

淫らに尖った蕾を突く彼の舌先。

熱い吐息で秘部全体を刺激され、執拗に襞を上下に擦られる。同時に太い指を二本、ステラの中心に差し込むと、ルイは次々溢れ出る蜜を舐め取った。

「あっああっ!? んんっ、や…、なんてことを……。あ…っ、だめ、だめ…っ。そんなことしたら……っ」

　まさかそんなところを舐めるなんて思いもせず、ステラは脚をばたつかせる。

　しかし、その間も淫らな水音は止む気配がない。

　指が動くたびに蜜が溢れ、それを舌で舐め取られるとさらに溢れ出てしまう。

　荒い息がかかって中心がひくつき、彼の指を強く締め付ける。そうすると、また蜜が零れてしまうから切りがなかった。

　恥ずかしいのに、やめてほしいのに身体は反応してしまう。

　夢中になって秘部を舐めるルイを見て、どうしようもなくお腹の奥が熱くなってしまう。

　指を入れられ、中でばらばらに動かされると締め付けも強くなっていくのがわかる。

　こんな自分は知らない。こんなルイも知らない。何もかもがはじめてのことで、ステラは混乱してぽろぽろと涙を零した。

「ひん、あっ、あぁぅ、や…、ひぅ…、怖…い……」

「……怖い？」

「あぅ…ッ、も、もうやめて。ソコはもう舐めないで……っ、おかしくなってしまうから……」

「……あぁ、よかった。私が怖いのかと」

「や、やぁ…、どうしてこんな恥ずかしいことをするの……っ」

「ですが…、たくさん濡らさないと辛いと聞いたことがあったので……」

「もう充分濡れてるわっ。知ってるくせに……っ！」

「……そ…、そうなのですか？　すみません。私は…、こういった経験がないので、どの程度で充分なのかがよくわからず……」

ステラが泣き出すと、ルイは慌てた様子で身を起こす。

頬に流れる涙を唇で吸われ、宥めるように頬に口づけられる。その唇の柔らかさに胸が切なくなり、ステラは自分からルイの首にしがみついた。

――ルイも、はじめてなのね……。

彼は、三年前に城に来たときから若い侍女たちの憧れの的だった。

積極的に近づこうとする娘もいたようで、密かにやきもきすることもあったが、浮いた噂はなかったから直接聞くとほっとしてしまう。互いにはじめてだとわかったことが嬉しくて、少しだけステラの心に余裕ができた。

「ルイ…、もういいの……」

「ならば…、先に進んでもいいのですか？」

「……えぇ」

小さく頷くと、ルイはコクッと喉を鳴らす。

ステラの中心から指を抜き、おもむろに上着を脱ぎ去る。

そのままルイはシャツのボタンをすべて外そうとしていたが、ステラがその動きをじっと見つめていると、段々と彼の息が荒くなってきて途中でのしかかられてしまった。

「あ…っ!?」

「痛かったら…、言ってください……。できる限り努力します」

「……ルイは全部脱がないの？」

「もう…、我慢できません……」

ルイはステラの両脚を大きく広げさせると、手早く下衣を寛げる。

あらわになった高ぶりはすでに極限まで張り詰めていて、先端からは先走りが滴っているほどだ。ルイは大きく息をつくと、ステラの中心に先端を押し当て、何度か秘部を擦り上げてからぐっと腰を押し進めた。

「あ、あぁ、あぁぁ……っ」

「ステラ…さま……ッ」

内壁が押し開かれる感覚に、ステラは背を弓なりに反らして激しく喘ぐ。

彼のものは自分が想像するより遥かに大きくて熱かった。

あまりの圧迫感に苦悶の表情を浮かべると唇を貪られ、さらに腰が押し進められる。

舌を搦め捕られながら二度三度浅く出し入れされて、逞しい腕に掻き抱かれながらステラは一気に最奥まで貫かれた。

「んんぅ――…ッ！」

「…――っく」

二人の繋がった場所が燃えるように熱い。

吐き出す息や抱き締める腕、薄いシャツ越しに伝わる彼の体温も灼熱のようだった。

興奮しているだけでこんなにも熱くなるものだろうか。

ステラは破瓜の痛みに喘ぎながら、震える手でルイの頬に触れた。

「……ル…イ…、怪我……は……？」

「っは、……そんなもの…、とうに治りました」

「そんなわけ……」

「ステラさま…、もう…動きます……ッ」

「あ、ああ…っ!?」

ルイは濡れた目でステラを見つめ、いきなり腰を揺らしはじめる。

激しい抽送。余裕など微塵も感じられない。

ステラは苦悶の表情を浮かべ、彼の首にしがみつく。

心配くらいさせてほしいのに、こんなに激しくされたらほんの少しの余裕もなくなってしまう。見る間にその熱に引きずり込まれて、痛みなのかなんなのかわからない強い刺激にただひたすら嬌声を上げ続けた。

「あっあっ、あっ、あぁっ」

「ステラさま…、好き…です…、あなたが好きです」

「ひぁ、ああっ、んっ、あっあっあぁ」

「もうずっと…、あなたのことが……ッ」

繰り返されるルイの告白。

彼は壊れた人形のように延々と繰り返す。こんなことを耳元で言われ続けたら、おかしくなってしまう。

内壁を激しく擦られ、強く締め付けるとルイは息を乱して抽送を速め、かぶりつくようにステラの唇を奪った。

「あっあぁあっ、あああ……っ」


「んんぅ、んっ、あっ、あぁぁう」

「ずっとこのまま……、誰よりもあなたの傍で……っ」

「あぁっ、あっ、んっああ…ッ」

「ステラさま、愛しています……ッ」

「ルイ、ルイ…ッ、ルイ……っ」

徐々に湧き上がる快感。

ルイが愛を囁くたびに痛みが違うものに変わっていく。

いつしかお腹の奥が切なくなり、ステラは律動に合わせて彼の熱を締め付けるようになっていた。

これほど情熱的に求められるなんて考えたこともなかった。

これほど幸せなことがあるなんて知らなかった。

もう彼のこと以外考えられない。ただ互いを求めて肌を合わせるだけで胸がいっぱいだった。

「好きです…、好きです……、好きです」

「あぁ、私も好き…、あなたが好き……ッ」

「ステラさま……ッ」

「あぁ――…っ」

ビクビクと震える内壁。

お腹の奥が切ないほどに彼を求めていた。

乳房を舐められ、色づく蕾を甘噛みされる。ただそれだけのことで内股がわななき、目の前が白んでいった。

自分でも何が起こっているかがわからず、怖くなってルイにしがみつく。

狂おしいほどの抽送、灼熱の身体。

限界はあっという間に訪れ、大きな波となって襲いかかってくる。

ステラは激しく全身をびくつかせ、小刻みに揺さぶられながら快楽の渦に呑み込まれていく。それは自分にとってはじめての絶頂だったが、何も知らない身体はただ流されるままに彼を受け止めるだけだった。

「ああッ、あぁぁ、あああ――…ッ！」

「――っく…ッ」

意識が飛びそうなほどの強い快感。

ステラは彼を強く締め付け、涙を零して絶頂に喘ぐ。

彼の苦しげな喘ぎを遠くのほうで聞いた気がしたが、夢か現実かの区別もつかない。

内壁が断続的に痙攣(けいれん)し、全身を揺さぶられるうちに最奥で彼の熱が弾けた。

じんわりと奥に広がる感覚にこれ以上ないほどの悦びを感じていると、やがて抽送が緩やかになってルイの動きが止まる。気づけば辺りは真っ暗になっていて、互いの息づかいだけが山小屋に響いていた。

「は…っ、ん…っはぁ、っは……、――ん…、ルイ…、少し、苦しい……」

それからしばらくして、ステラは眉根を寄せて身じろぎをする。

異様なまでに熱い肌。のしかかる重い身体。

果ててずいぶん経っても、ルイはまったく動こうとしない。ステラのほうは少し息が落ち着いていたが、耳元ではやけに荒い呼吸音が響き続けていた。

「ルイ?」

ところが、声を掛けても彼の反応はない。

異変を感じて顔を傾けると、ルイの目は固く閉じられていて、苦しげに肩で息をしていた。

「ルイッ!?」

「……ぅ……」

「ルイ、しっかりして！　ルイ、ルイ……っ!?」

「……ステラ……さま……」

辛うじてステラの名を口にしたが意識はないのだろう。

ステラは身を捩って彼の下から抜け出し、頬に手を当てる。あまりの熱さに現実を取り戻し、裸のままベッドを下りて布を取りに棚に向かった。

様子がおかしいとわかっていたのに、どうして流されてしまったのだろう。

はじめての余韻など一瞬で消え失せ、ステラは青ざめながら水桶に布を浸す。

濡らした布をルイの額にのせて、怪我をした腕に薬を塗り直して彼の手を握り締める。

もしこのまま目覚めなかったらと悪い考えが何度も頭に浮かび、ステラはそのたびに恐怖に怯えた。

献身的な介抱によるものか、薬が効いたのかはわからない。

ルイの熱は一晩中続いたものの、朝になる頃には下がっていた。

それでようやくステラも眠りに就くことができたが、彼の隣に横になると無意識に抱き寄せられて、安堵のあまりしばらくその胸で泣いてしまった――。

第五章

はじめての余韻に浸る間もなく過ごした山小屋での一夜。

ルイの熱は朝方になって下がり、ステラは疲労困憊の中でいつの間にか眠りに就いたが、
次に目が覚めたのは日が高くなってからだった。

「——う…、ん……」

瞼の向こうに感じる柔らかな光。

窓から注ぐ日の光はステラの眠るベッドにも届き、徐々に意識が戻りはじめる。

頬に触れる彼の体温。静かな寝息。トクン、トクンと耳に届くゆったりとした心音。すべてが心地よくて、ステラはなかなか目を開けられずにいた。

「……ルイ」

「……、……ん」

ステラはルイの胸元に頬を寄せてそっと囁く。

少しして、彼はその声に反応してもぞもぞと動き、ステラを抱き締めてくる。

逞しい胸の中に閉じ込められ、ステラは幸福感に酔いしれながらうっすらと目を開けた。

何度か瞬きをしてルイを見上げると、彼はぼんやりと窓のほうを見ていた。

青空のように澄んだ瞳は昔から変わらない。

焦点が定まっていないので、まだ夢と現実が曖昧(あいまい)なのだろう。

「…あ…っふ……」

ルイは眠そうに欠伸(あくび)をして、ステラを抱き寄せる。

そうするのが当たり前のように驚くほど自然な動きだった。

「……ん？」

だが、それから程なくして、彼の顔が僅かに強ばった。

彼は抱き締める腕に力を込め、おそるおそるといった様子で視線を下げる。ステラと目が合った途端、ルイは弾かれたように飛び起きた。

「どッ、どうしてステラさまが一緒に寝て……っ!?」

「……え？」

「な、なんだ…？　何がどうなって……ッ!?」

もしや昨日の高熱によるものだろうか。

ルイは酷く混乱していて、どうしてステラが隣で寝ているのか、本当にわかっていないようだった。

「——あ……」

しかし、その混乱は一時的なものだったらしく、ルイはすぐにハッとした様子で息を呑む。

表情の変化で彼がすべて覚えているのだとわかり、ステラは恥じらいを感じて自分の頬に手を当てた。

ところが、なぜかルイの顔はみるみる青くなっていく。

彼は慌てた様子でベッドから飛び降りると、いきなり床に膝をついて思わぬことを言い出したのだった。

「もっ、申し訳ありません！」

「え？」

「私は…、私はステラさまに、なんということを……ッ！」

ルイは動揺を顔に浮かべながら、深々と頭を下げている。

けれど、今さら何をそんなに慌てているのかステラにはよくわからない。

——どうして謝るの……。

記憶があるなら、どういう流れで行為に至ったのかも覚えているだろう。

確かに、ルイはいつもと少し違っていた。熱で平常心を失っていたにしろ、無理やりステラを抱いたわけではないのだ。

いきなり押し倒されて驚きはしたけれど、彼は数え切れないほど好きだと言ってくれた。

決してルイが謝らなければならないような一方的なものではなかった。互いの気持ちを確かめたうえで、ステラは自らの意志で彼に抱かれたのだ。

それなのに、こんなふうに謝罪されてどうすればいいのか……。

少しは甘い雰囲気を期待していただけに、いきなり距離を取られて泣きたい気持ちになってしまう。昨日のルイがかつてないほど情熱的だったのは、単に熱のせいだと言われているようで哀しかった。

──だけど…、今はこれ以上のんびりしているわけにもいかないわ……。

窓のほうを見ると、すでに日が高くなっていた。

猟師の男が来る昼までは時間がありそうだが、ルイの熱が下がり次第、山小屋を出るつもりでいたのだから動くなら早くしなければならない。

ステラは深く息をつき、なんとか感情を押し込めてベッドを下りる。手当ての道具を用意してルイの前に膝をつき、おもむろに彼のシャツのボタンを外しはじめた。

「あ…、あの……っ」

「手当てをするだけよ」

「そっ、それくらいは自分で……」

「心配しなくても襲ったりしないわ」

「……っ」

その言葉に、ルイは顔を強ばらせて身を固くする。

――なんて嫌な言い方……。

ステラは目を伏せ、自己嫌悪を覚えながら彼のシャツを脱がしていく。

それでもいい。放っておくとルイは自分のことを後回しにしてしまうから、傷が治るまでは強引であっても彼の手当てをするつもりだった。

「熱…、下がってよかったわ」

「……ご心配をおかけしてすみません」

「いいの、わかっているわ。私がいつまでもめそめそしているから言い出せなかったのでしょう？」

「そういうわけでは……っ」

「動いてはだめよ。手当てができないわ」

「は、はい…、すみません」

本当は、ルイが怪我のことを黙っていたのはそんな理由からではないとわかっていた。

彼は泣き言を言う人ではない。相手が主人であるならなおさらだ。

たとえステラが泣いていなくとも、端（はな）から言うつもりがなかったことくらい容易に想像できた。

――自分たちの関係は、どこまでいっても変わらないのだろうか……。

ステラは彼の傷に軟膏を塗り込み、小さく息をつく。

こうして触れていても昨夜のような熱さは感じない。

傷の周りは赤くなっているが膿んではいないようだった。

「……もう大丈夫だと思うわ」

「ありがとうございます……」

ステラは傷の様子を確かめつつ手当てを済ませ、脱がせたシャツを彼に手渡す。

ルイは掠れた声で礼を言うと、畏まった様子でシャツを受け取った。

その後、二人は猟師からもらった干し肉で多少空腹を満たして出発に備えた。

外に繋いでいた馬にも水と草をたっぷり与え、英気を養ってもらったのは言うまでもない。バロンには残った干し肉を与え、食べ終えると馬の傍で一緒に水を飲んでいたが、一晩過ごすうちに二頭はすっかり仲良しになったらしい。揃って尻尾を揺らす様子はとても微笑ましいものだった。

けれども、ルイは出発の段になってもぎこちないままだ。

ステラが馬の額を撫でる横で、彼は風に揺れる鬣をまじまじと見つめ、直立不動で麻袋を抱えている。見ただけで緊張しているとわかるほどで、明らかにいつものルイとは違っていた。

――まさかこんな反応をされるなんて……。

昨日の彼はどこへ行ってしまったのだろう。

強ばった顔を見ているうちにステラの目にじわりと涙が溢れてくる。次第に感情が抑えられなくなって麻袋を持つ彼の袖をぐっと摑んだ。

「……ッ」

　途端にルイは肩をびくつかせて息を呑む。

　ガチガチに緊張した彼の横顔を見つめ、ステラはぽつりと言った。

「ルイは、昨夜のことを……後悔…、しているの……？」

　彼の袖を皺になるほど握り、か細く問いかける。

　ルイは目を見開き、そこでやっと顔を向けたが、ステラの頬に涙が零れているのに気づいて慌てて首を横に振った。

「そっ、そういうわけではありません……っ！」

「だったら、どうしてまともに私を見ようとしないの？　もしかして、ルイは昨日のことをなかったことにしたいの……？」

「ち、違いますッ！」

「なら、どうして？」

「それは…っ」

　問いかけに、彼は何かを言おうとしていた。

　しかし、続きを促すようにじっと見つめていると、ルイはステラの視線から逃れるように目を伏せる。

「……いえ…、申し訳ありません。……罰は…、必ず受けます……」

「罰？　なんの罰？」

「……申し訳ありません」

なぜここで謝罪をするのだ。彼はやはり後悔しているのではないか。

ステラは唇を噛みしめ、ルイの腰に抱きついた。

彼はまたビクッと肩を揺らし、その拍子に麻袋を地面に落としてしまう。

一瞬、ルイの意識が逸れかけたが、ステラはそれを阻止するように声を上げた。

「あなたが罰を受けるなら、私も同じように受けるわ！」

「え……」

「だってそうでしょう？　私は乱暴されたわけじゃないわ。好きな人に好きと言われて嬉しかった。だからあなたに抱かれたのよ。それをなかったことにはしたくない。間違いだとも思わない……ッ！　人が人を好きになって何がいけないの……っ!?」

「……ステラ…さま……」

ステラは感情のままに訴えると、彼の腕に顔を埋めた。

本来ならば、口が裂けても言えないことだった。

自分の立場がわかっていたからこそ、一生胸に秘めておくつもりだった。

だから、これがわがままだということはわかっている。

ルイの態度が昨日と違うのも冷静になってしまったからだということも、本当はわかっていた。

それでも、どうしても抑えることができない。

触れ合ってしまったから余計に消せなくなった。

たった一度触れ合っただけで満足できるような想いではなかった。

「ステラさま…、泣かないでください」

「……っ、……う……」

肩を震わせていると、躊躇いがちに声を掛けられる。

好きで泣いているわけではない。ルイのせいで泣いているのだと腹立たしくなって、ステラは彼の腕にぐりぐりと額を擦りつけた。

すると、彼はおずおずとステラの肩に触れ、ぎこちない動きで背中に腕を回してくる。

驚いて顔を上げると、ルイは頬の涙を指先で拭い、遠慮がちにステラを抱き締めた。

宥めるように背中を撫でる大きな手。

ステラは感情が込み上げ、嗚咽を漏らす。

「……私に…、そんな資格は……ないのです……」

苦しげな声が彼の葛藤を表しているようで、胸に刺さって痛かった——。

❀　❀　❀

それから程なくして、ステラたちは山小屋をあとにした。

本当のことを言えば、山小屋にずっと留まっていたいという気持ちはあった。

だが、碌に食べ物もなく狩猟の経験もない中で生きていけるほど現実は甘くない。

あの猟師の男なら多少は面倒を見てくれるかもしれないが、これ以上頼って彼まで巻き込むわけにはいかない。

今は一刻も早くここを出て、少しでも多くの情報を手に入れるために動く以外に道はなかった。

山小屋を出たあと、ステラたちは沢伝いに山を下っていく。

しばらくすると、猟師の言っていたとおりに左右に道が分かれる分岐点に出たが、二人が進んだのは右の道だった。

『右は城のある都、左は海沿いの街』

おそらく、猟師は港の街への行き方を教えてくれたのだろう。

けれど、危険だとわかっていても、まずは城の状況を知りたかった。

都には数多くの貴族たちが住んでいる。すぐには城に戻れなくとも、彼らが助けになってくれると思ってのことだった。

しかし、ステラたちはすぐにその考えの甘さを痛感することとなった。

都に入って間もなく、貴族の居住区に足を踏み入れようとしたときにイーストン公国の兵士の姿を目にしたのだ。

見れば、その数は一人や二人ではない。

大きな屋敷の前でイーストン公国の紋章が描かれた旗を持つ者や、あちらこちらを闊歩する者、馬に乗って巡回する者までいた。

ステラたちは馬を降りて近くの木陰に身を隠し、その様子を少し離れた場所から見ていたが、しばらくしてルイが神妙な様子で囁いた。

「どうやら、この辺りはすでに制圧されているようですね」

「たった一日ほどで？　抵抗する者だっていたのでは……」

「見たところ、争った形跡がありません。抵抗する間もなかったと考えるのが自然です。彼らはここが貴族たちの居住区と知っていて、真っ先に制圧したのでしょう。貴族の力が封じられてしまえば、城にいる者たちを援護することは難しくなりますから」

「そんな…っ。だったらお父さまは…、他の皆はどうなってしまったの？」

「……安否はともかく、城が落ちた可能性は否めません」

ルイは兵士たちの動きを目で追いながら、淡々とした口調で答える。

しかし、城が落ちたなどと聞いて冷静ではいられない。ステラは目を剝いて彼の言葉を否定した。

「嘘よ、そんな簡単に城が落ちるわけがないわ……ッ！」

「ステラさま……」

「だって、こんなのおかしいもの……っ。イーストン公国とはずっと良好な関係が続いていたのよ？　いきなり城を奪うなんて正気の沙汰とは思えない。それとも、実はずっとこちらが油断するのを待っていたとでも言うの？」

「……それはわかりませんが、エリオットがかなりの数の兵士を率いてきたのは紛れもない事実です。ただ、彼らに都合良く物事が運びすぎていることを思うと、内通者がいるという可能性もあります」

「内通者ですって…ッ!?」

予想だにもしない話に、ステラは思わず声を荒らげる。

しかし、思った以上に大きな声が出てしまった。

慌てて自分の口を押さえて辺りを見回すが、少し離れた場所にいたからか今の声に反応した兵士はいなかった。

「ごめんなさい、私ったら興奮して……」

「いえ、私も不安を煽るようなことを言ってしまいました。断定できる情報もないうちに、不確かな話をすべきではありませんね」

ルイはそう謝罪すると、それきり口を閉ざしてしまう。

けれど、彼の話を否定できる情報もどこにもない。

信じたくない気持ちが先に立って否定してしまったが、ルイの考えのほうが遙かに客観的であるのは間違いなかった。

「——おい、どうした？」

と、そのとき、不意に男の声が響く。

どこから聞こえるのだろう。声の出所を探っていると、二人の兵士がこちらのほうに近づいてくるのが見えた。

「そっちのほうで何かが動いた気がしたんだ」

「人がいたのか？」

「いや、わからない」

まさか自分たちの姿が見えたのだろうか。

青ざめて身を固くすると、後ろからルイに抱き締められる。彼はステラを隠すようにすぐ傍の大木に身体を押し当ててきた。

「……あ、違う。見間違いだ」

「うん？　あぁ、もしかして、あの折れた枝と見間違えたのか？」

「そうみたいだ。ずいぶん細い腕だと思ったんだよ」

どうやら、あの兵士は折れた枝を人の腕と勘違いしたらしい。

彼らは途端に警戒を緩めて動きを止める。ステラたちから少し離れた樫の木の前で談笑をはじめた。

「ははっ、遠目には女の腕に見えなくもないか」

「すまない、付き合わせてしまって」

「いや、きっと疲れが溜まってるんだ。俺たち、ファレル公国に入ってからほとんど休ませてもらってないからな。エリオットさまは人使いが荒いから困ったもんだ」

「……まぁ、一応はエリオットさまの狙いどおりになったんだから、それほど機嫌は悪くないだろうが、公女に逃げられちまったからなぁ……」

「それについては時間の問題だろう。この辺りを制圧することで逃げられる場所がかなり絞られるって話だ。どのみち、城が奪われて八方塞がりの状況じゃ、ジワジワと追い詰められておしまいさ」

「……なんだか、少し後味が悪いよな。もっと正々堂々とできなかったんだろうか」

「エリオットさまにそんな芸当ができると思うか？」

「それはそうなんだが、スッキリしないと言うか……。なぁ、これってエリオットさまの手柄になるのか？」

「そうなんじゃないか？　エリオットさまは、『父上から直々に命が下った』と息巻いて軍を動かしたんだ。それで制圧しちまったんだから大手柄だろう」

「あのエリオットさまがなぁ……」

「本当にな」

　兵士たちは顔を見合わせて苦笑いを浮かべていた。

　しかし、会話が途切れるとどちらからともなく屋敷が建ち並ぶほうへと引き返し、その後ろ姿もどんどん小さくなっていった。

　――今の話って……。

「ステラさま、行きましょう」

やがて兵士たちの姿が見えなくなり、足音も聞こえなくなるとルイに手を取られる。

彼はそれ以上何も言わず、ステラは待機させていた馬のところまで手を引かれた。

「ルイ…、あの人たちの話って」

「話はあとにしましょう。ここは危険です」

「でも……っ」

ステラは唇を震わせ、来た道を振り返る。

先ほどの兵士たちの言葉がぐるぐると頭の中で回っていた。彼らは『城が奪われて八方塞がりの状況』と言っていたのだ。

ならば、父はどうなったのだろう。他の皆はどうなったのだろう。

背筋にぞくっと震えが走り、ステラはごくりと唾を飲み込んだ。

「……次は…、私の番だわ……」

この区域にたくさんの兵士がいたのは、貴族の力を封じるだけではなかった。逃げた公女を追い詰めるためでもあったのだ。

「そんなことはさせません。とにかく馬に乗ってください」

ステラはルイに抱えられ、強引に馬に乗せられる。

あとを追うようにルイも馬に乗り、彼はステラを後ろから抱きかかえるようにして馬を走らせた。

徐々に景色が変わり、都が遠ざかっていく。

山道に蹄の音が響く中、ステラは涙を浮かべて首を横に振った。

「ルイ…、私はここで降りるわ……ッ。あなたは一人で逃げて！」

「どういうことですか？」

「私といるとあなたを危険な目に遭わせてしまう。また怪我をするかもしれない」

「それがどうしたというのですか。怪我を気にしていたら従者は務まりません」

「だったら、従者はクビよ！　もう私に仕えなくていいわ……っ」

「……何を言うのです。そんな命令には従えません」

「ルイ……っ！」

父や他の者たちの安否は不明。

自分も追われる立場となり、いつ捕まるかわからない。

だが、ルイは逃げようと思えば逃げられる。

もしもステラの身に危険が迫れば、彼は己の身を顧みることなく動いてしまう。

自分のために彼が犠牲になるのは嫌だ。巻き添えにするくらいなら、いっそここで離ればなれになったほうがよかった。

「ステラさま、諦めてください。私はあなたと出会った夜、一生御身をお守りすると誓ったのですから……っ！」

それなのに、彼はステラを放そうとしない。

抱き締める腕が苦しくて、ハラハラと頬に涙が伝う。

馬は来た道を戻り、先ほどの分岐点も軽々と越えていく。いつしか日が傾きはじめ、空が朱に染まった頃に二人が辿り着いたのは海沿いの街だった。

第六章

――山小屋を出て一週間後。

　城下町の状況を知ってステラとルイは都を離れ、その日のうちに海沿いの街に辿り着いた。

　しかし、そのとき街ではまだファレル公国の危機を知る者はほとんどおらず、人々はいつもと変わらぬ日常を過ごしていた。

　他国との貿易も行われ、観光に訪れる者までいる。

　都との違いに驚きはしたが、その賑やかさはほんの少しステラの緊張を和らげてくれた。

　おまけに、この街は城から離れていることもあって、ステラの顔を直接知る者に出会うことがない。少なくとも、この一週間でステラを公女と見破る者は誰一人としていなかった。

　ステラたちはこの間、老夫婦が営む宿屋に滞在していたが、彼らもまたステラの素性に気づくことはなかった。

「──まぁまぁ、ルイは本当によく食べるわねぇ」

「あ…、美味しくてつい食べ過ぎてしまいました」

「あぁ、いいんだよ、作り甲斐があるって喜んでるんだ。やっぱり若い人はこうでないとねぇ。あ、おかわりいるかい？」

「い、いえ…。もう充分いただきました」

「足りないようなら遠慮なく言ってちょうだい。余分に用意してあるからね。ステラちゃんは？　今日のはちゃんと食べられたかい？」

「はい、とても。私、アンジェラさんの料理、忘れられなくなりそうです」

「まぁ、なんて嬉しい言葉を…っ！　ベン、聞いたかい？　二人とも本当にいい子だねぇ」

テーブルいっぱいに並んだ料理の皿。

賑やかな朝食の風景。

ルイの食べっぷりに感嘆し、ステラに優しく声を掛けるのは女将のアンジェラだ。

そして、その様子をテーブルの端でニコニコしながら見ているのが宿屋の主人であるベンという老爺だったが、彼はアンジェラに話しかけられると、くしゃっと顔を崩して苦笑いを浮かべた。

「いい子っておまえなぁ、若くても二人はれっきとした夫婦なんだ。しかも、もうじき親になる相手に子供扱いは失礼ってもんだろう。なぁ？」

「もうじきって、さすがに気が早すぎだよ。まだお腹も膨れてないのに」

「年寄りになると半年や一年なんてあっという間さ。違うか？」

「確かにねぇ。一日なんて瞬きする間だわ」

「だろ？」

意見の相違があっても、最後はいつも笑顔で話が纏まってしまう。

彼らの顔の深い皺が互いに過ごした年月を感じさせ、ステラは二人に羨望の眼差しを向けた。親切で明るいこの老夫婦の宿で過ごせたことは幸運以外の何ものでもなかった。

――自分たちが夫婦だと嘘をついているのは、少し心苦しいけれど……。

ちらりと隣を見ると、ルイは苦しそうに自分のお腹を擦っている。

どうやら、彼は食事を残すのは悪いと思っているらしく、アンジェラの料理をなるべく全部食べようとするから食後はいつも苦しそうだ。どの料理も美味しいので食べ過ぎてしまう気持ちはよくわかるが、ルイのこうした一面を見るのはステラにとってはとても新鮮なことだった。

偽りでも、今の自分たちは夫婦だ。

そう見られていることが、本当はくすぐったくて仕方ない。

身重と勘違いされていることについても、申し訳ないような嬉しいような複雑な気持ちだった。

今から一週間前、新婚旅行中だという自分たちの嘘を信じ、彼らは温かく宿に迎えてくれたが、そのときのステラは病人のように真っ青な顔で、食事もままならなかったことがこの勘違いを生んでしまったのだ。

実際は城が奪われた現実に打ちのめされていたのだが、何も知らない者にそんなことがわかるわけもない。『もしかして、身重かい？』とアンジェラに聞かれ、驚いて否定も肯定もできずにいたら、いつの間にかそういうことになってしまった。

「ここに来たときは私の体調が悪かったせいで、アンジェラさんの料理を食べられずに申し訳ないことをしました」

「そんなの気にしないでいいのよ。妊娠すると味の好みが変わったり、食べ物を受け付けなくなったりするのは珍しいことじゃないんだから。だけど、ずいぶん顔色がよくなって安心したわ。食欲も出てくれれば、少しは観光できるものね」

「本当にありがとうございます」

「ただ、この街もここ数日でずいぶん物騒になってしまって……。これから、どうなってしまうのかしらねぇ……」

そう言うと、アンジェラは眉をひそめて窓のほうに目を向けた。

一見、外の様子は一週間前と変わりない。

レオナルドの安否や、公女が逃亡中であることはまだ誰も知らない様子だ。

だが、ステラたちがここに来た翌日には城が落ちたという噂が街を駆け巡り、その次の日からイーストン公国の兵士を見かけるようになっていた。

そのせいで、宿に泊まっていた他の客たちは巻き込まれるのを恐れて逃げるように去ってしまったから、今はステラとルイしかいない。自分たちも別の街へ移動すべきか迷ったが、現況を知るためにもう少しこの街に留まることにしたのだ。

「ス…、ステラ、少し散歩に行こうか……？」

「あ、そうだったわ。──あの、私たちこれから街を散策してきます。景色が綺麗だって聞いて立ち寄った街なので、多少物騒だとしても見て回りたくて」

ややあってルイが席から立ち上がり、ステラも一緒に立ち上がる。

何げなくルイを見ると、若干緊張した面持ちだ。

夫婦として装うため、人前では『ステラ』と呼んでもらっているが、なかなか慣れないようだ。ぎこちない動きで扉のほうに向かうルイを横目に、ステラがそれらしい説明をすると、アンジェラとベンも心配そうに席を立った。

「気持ちはわかるけど心配ねぇ。今のところ、イーストンの兵士が街の人間に危害を加えたって話はないけど、若い男女が一緒にいるとあれこれ聞いてくるって噂もあるし……」

「えぇ、そういう噂を聞いたので、なるべく人気のないところには行かないようにして、ルイとは少し離れて歩くつもりです」

「折角の新婚旅行なのに……」

「仕方ありません。では、行ってきますね」

「くれぐれも気をつけて」

「何かあったらすぐ戻ってくるんだぞ」

アンジェラたちは玄関の外までステラとルイを見送ってくれた。

なんて優しい人たちなのだろう。山小屋で会った猟師といい、赤の他人の自分たちにこんなによくしてくれるなんて……。

彼らがこの国の民であることをステラは心から誇りに思った。

「……ステラさま、離れて歩くとはどれくらいでしょうか」

「え？」

程なくして、ルイがぽつりと問いかけてくる。

その顔はかなり不服そうで、離れて歩くことに納得していない様子だ。

けれど、若い男女が一緒にいるとイーストン公国の兵士たちがあれこれ聞いてくるというのはもっぱらの噂だ。

もちろん、逃げた公女が従者と行動していると考えてのことだろう。

ステラを捜しているのはまず間違いないことから、ルイは外出自体に反対していた。

「偵察なら、やはり私一人のほうがよろしいかと」

「ルイ、このことは昨日も説明したはずよ。私は自分の目で状況をしっかり確かめたいの」

「ですが、ステラさまを危険な目に遭わせるわけにはいきません」

「だから離れて歩くのよ。あなたを巻き込みたくないもの」

「まだそのようなことを……」

「何度でも言うわ。私はね、自分のせいでルイが危険な目に遭うのは嫌なのよ。自分の身を犠牲にするような真似だけはしてほしくない。本当は従者をやめて……──」

「わかりました！　少しだけ離れて歩きます……！」

ルイはステラの言葉を遮るように声を上げた。

見れば、その横顔は酷く強ばっている。それ以上は言わないでほしいと拒絶されているようだった。

──そこまで必死になるほど従者でいたいなんて……。

ステラは小さく息をつく。

彼の性格からして自分だけ逃げることなどできないのだろう。

それでも、好きだから、大事だから巻き込みたくない。

ただそれだけのことができないのが悔しくて仕方がない。

自分は従者を巻き込む覚悟さえできていない愚かな主人だ。

彼を困らせているだけなのは承知していたが、どうしても自分の目で街の様子を確かめたかった。

「じゃあ、あの角を曲がったところからね。そんなに堅く考えず、街の様子を眺めていればいいのよ。そもそも彼らは私の顔を知らないのだし、二、三メートルくらい離れて歩いていれば大丈夫よ」

「わかり…ました……」

ルイはそれ以上反論することなく大人しく頷いた。

無理やり言うことを聞かせたようで胸が痛んだが、逃げるばかりでは前に進めない。

ステラの願いはファレルの人々が笑顔でいられることなのだ。

この美しい街を、優しい人々を争いに巻き込まないために自分は何をすべきなのか。街の様子を確かめることで現実を知り、少しでもよい方向に向かう方法を考えたかった。

通りの角を曲がると、ルイは歩調を緩めてステラから離れていく。

そこは先ほどの道よりもかなり広く、人通りも多い場所だった。

左右の道に軒を連ねるのは、鍛冶屋に花屋、パン屋から民芸品を扱う店に至るまでさまざまだ。

不穏な噂のせいか、旅行客と見られる者の姿はほとんどない。

その代わり、交易に訪れたのであろう商人や街の人々が、あちらこちらの店先で買い物をする様子が見て取れた。

——よかった。まだ物流は止まっていないんだわ……。

すぐ傍の店先に何種類もの果物が山積みにされているのを見て、ステラは胸を撫で下ろす。

隣の店先にはたくさんの野菜が山積みにされていたが、どれもぴかぴかしていて新鮮そのものだ。

花屋には生き生きとした花々。パン屋からは焼きたてのパンの香ばしい匂いが漂ってくる。

店の主人と客とが談笑する日常の風景が人々の逞しさを教えてくれるようで、ステラの表情は自然と綻んでいった。

「……あら…？」

ところがそのとき、辺りが突然静かになった。

人々の笑顔が消えたことも不審に思い、ステラは立ち止まって周囲を見回し、ハッと息を詰める。

——イーストンの兵士たちだわ……。

我がもの顔で通りを闊歩する兵士たちの姿。

ステラは眉をひそめ、身を隠すように近くの店に足を踏み入れる。

ルイはどうしているだろうと振り返ると、彼は店の前に佇み、通りのほうを見ていた。

彼はきちんと一定の距離を保って、ずっとステラの後ろを歩いていたようだ。

イーストン公国の兵士たちを見ているのか、その横顔はいつになく厳しい。ステラが店の品を手に取って眺めるふりをしていると、ルイも何気ない素振りで近づいてきた。

——近づいてはだめだと言ったのに……。

小さな店だから、そんなに距離を開けていられない。

　他人を装って店の奥まで移動すると、店主らしき年配の男性がステラに小声で話しかけてきた。

「イーストンの連中、また来てるのかい？」

「……は、はい」

「困ったもんだ。通りの雰囲気がガラッと変わるから連中が来るとすぐにわかる。ここ数日は、毎日のように来るんだよ」

「もしかして、あの人たちに店を荒らされたなんてことは……」

「今のところ、そういうことはないんだが横柄な態度のやつが多くてなぁ……。城が奪われたっていう噂が広まってから、街に立ち寄る客もすっかり減ってしまったよ」

「そうですか……」

「娘さんは一人…ってことはないか。家族と来たのかい？」

「え、えぇ…」

「折角来てくれたのにすまないね」

　店の主人は眉を下げ、すまなそうに謝ってくる。

　ステラは目を丸くしてふるふると首を横に振った。

　この人が謝る必要はどこにもない。街の人たちは何も悪いことをしていないのにという憤りが沸々と湧いてきて、知らず知らずのうちに唇を噛みしめていた。

　ふと視線を感じて顔を向けると、ルイと目が合う。

彼は数秒ほどステラをじっと見つめていたが、ややあって目を伏せると、手に持った林檎を籠に戻した。ルイのほうもあくまで他人を装っていて、傍まで近づこうとはしなかった。

「連中、まだ向こうのほうにいるんだろう？」

「そうですね」

「なら、今のうちに宿屋に戻ったほうがいい。そっちのお兄さんも早く戻ったほうがいいぞ。下手に目をつけられては面倒だからな」

「え？　あ…、はい……」

いきなり話しかけられて、ルイは僅かに戸惑っていた。

しかし、すぐに顔を引き締めると店の外に目を向け、ゆっくり歩き出す。通りに出ると左右を見回し、そのまま来た道に足を向けた。

それを追うようにステラも歩き出し、店主に会釈して通りに出る。

すると、イーストン公国の兵士たちの姿が思ったよりも近くにあってぎくりとした。

店に入ったときは離れたところにいたのに、今は数軒先の店のところまで来ている。ステラは怪しまれないように、なるべくゆっくり通りを進んだ。

――大丈夫よ、彼らは私の顔を知らないわ。

ステラは自分に言い聞かせ、ルイの背中を見つめた。

彼は自分より三メートルほど前を歩いていたが、辺りを眺める素振りをしながら時折横を向いている。ステラが来ているか気配を探りつつ、後方にいる兵士たちにも神経を尖らせているようだった。

「……？」

そのとき、ルイの歩調が僅かに乱れた気がした。

気になって少し足が速くなりかけたが、前方にイーストン公国の兵士が見えて、ステラは肩をびくつかせる。

後方にいるのとは別に、前からも二人の兵士が来ていたのだ。

心臓の音がドクドクと鳴り、ゴクッと唾を飲み込む。

彼らとの距離が徐々に縮まり、緊張で手が汗ばんでくる。一方、ルイはまっすぐ前を向いていて、その足取りに乱れはない。

二人の兵士は不躾なまでにルイを見ていた。

特に声を掛けるわけではない。だが、彼らはすれ違う間際までじろじろと訝しそうに見ていた。

その後はステラにも目を向け、一人の兵士がニヤニヤといやらしい笑みを浮かべて口笛を吹く。下手に絡まれたくなかったので何も反応せずにいたら、彼らは品定めをするようにステラを見ながら横を通り過ぎていった。

——よ、よかった……。

ステラは胸を撫で下ろし、大きく息をつく。

服装もいかにも町娘といった感じなので、兵士たちはステラをこの辺りの住人だと思ったのだろう。

　とはいえ、こういうのは心臓に悪い。

　まだ通り過ぎたばかりで近くに兵士たちがいるのはわかっていても、すぐにでも走って逃げたくなった。

「……えっ!?」

　と、その直後、ステラはいきなり手を引っ張られた。

　見れば、離れて歩いていたはずのルイが傍まで来ていて、無言のまま十字路を左折する。

　彼はやけに強ばった顔をしていた。

「ル、ルイ…？」

　戸惑いの声を上げるも、ルイは返事もしない。

　彼は後ろを気にしながら、ステラごと素早く建物と建物の隙間に身を隠した。ステラはいきなり彼の胸に閉じ込められる恰好になり、頭が真っ白になる。

「――おい、どうしたッ!?」

「こっちだ！　来てくれ……っ！　さっきの、もしかして……っ」

「なんだ、どうしたんだよっ!?」

　それからすぐにバタバタと駆ける足音が辺りに響く。

　若い男の声。先ほど通り過ぎた二人の兵士だ。

　彼らはなぜか焦った様子で引き返してきて、建物の陰に隠れる自分たちに気づくことなく走り去ってしまった。

「ルイ、もしかしてあの人たち、私に気づいて……？」

「……それはないと思います」

「だったら、どうして急に……」

「……」

ルイはさらに顔を強ばらせて黙り込む。

いきなりどうしてしまったのだろう。

彼は兵士たちが去ったほうに目を凝らし、戻ってくる様子がないのを確かめてから通りに出る。ステラの手をしっかりと握り締め、なぜかあちこち迂回しながら宿まで戻った。


「——どうしたの、ルイ？　真っ青な顔をして……っ」

宿に戻ると、真っ先にアンジェラが駆け寄ってくる。

自分たちの帰りを待っていたのだろう。ベンも心配そうな顔で近づいてきた。

「何かあったのか？　まさか連中に追いかけられたのか？」

「い…、いえ……、そういうわけでは」

「急いで戻ってきた感じだったけど……」

「あの…、向こうの通りでイーストン公国の兵士とすれ違って……、でも特に何かされたわけじゃないんです。いきなり兵士たちが走り出したから、ルイも私もびっくりしてしまって……」

「じゃあ、街を見て回るどころじゃなかったね」

本当はそれだけではない気もしたけれど、今はまだよくわからない。

どちらにしても、これ以上の説明はできなかった。

「まぁ、無事ならそれでいいんだ。こんな状況じゃ、何が起こっても不思議じゃない。いきなり城を奪うような連中なんだから、目をつけられたら何をされるかわかったもんじゃないよ」

「レオナルドさまや姫さまの安否もわからないままだしな。今は静かにしていたほうがいいかもしれん」

「本当に、ご無事だといいんだけど……」

二人はなんとも言えない表情でため息をつく。

ここに来て知ったが、街の人たちはステラを『姫さま』と呼んでいるようで、時折話題に上るとニコニコしながら『ステラちゃんは姫さまと同じで、いい名だねぇ』と言われてくすぐったい気持ちにさせられた。

父だけでなく自分の身まで案じてくれることに涙が出そうになり、ステラはぐっと堪えて唇を引き結ぶ。何かもっとできることはないのだろうか。手立てが見つからない今の状況はあまりにも歯がゆかった。

——ドン、ドン……ッ！

そのとき、急に外が騒がしくなって、扉を叩く音が大きく響く。

ずいぶん乱暴な音だったため、アンジェラもベンも、その場にいた皆が肩をびくつかせた。

「……だ、誰だい？」

「聞きたいことがある。扉を開けろ」

いきなりの命令口調。

なんて言い方だと思いながら、ステラはルイと顔を見合わせた。

耳をそばだてると、他の家の扉を叩く音も聞こえてくる。どう考えても近所の人ではなさそうだった。

「あんたたちは向こうに行ってなさい」

「えっ」

「大丈夫だから」

にっこり微笑むとアンジェラは扉のほうに向かう。

ベンも小声で「任せなさい」と笑って、アンジェラと扉に向かった。

——そんな、私たちだけ隠れるなんて……。

ステラが立ち尽くしていると、不意にルイが動き出す。

彼とは手を繋いだままだったから自然と引っ張られる形となり、ステラは戸惑いながらも廊下に出てしまう。このまま二階の部屋まで戻るのかと思ったが、ルイは廊下に出るなり壁に背を押し当て、ステラに頷いてみせた。

　──ここから様子を窺うということ？

　廊下からアンジェラたちが見えるわけではないものの、様子を窺うことならできる。ルイの意図を理解すると、ステラは彼の隣で息をひそめた。

「いきなりなんだい？　そんな乱暴に叩いたら扉が壊れるじゃないか。見てのとおり、古い宿なんだから」

「あぁ、ここは宿だったのか。ならちょうどいい。若い男女の客はいないか？」

「若い男女…？　少し前まで結構いたんだけどねぇ。この一週間で客は皆いなくなったよ」

「……今はまったくいないのか？」

「厳しい世の中になったもんだ。年寄り二人でなんとかここまでやってきたけど、そろそろ潮時かねぇって話してたところでさ。ねぇ、あんた？」

「あぁ、最近は無理も利かなくなってきたしなぁ…。若いあんたにゃわからんだろうが、背は縮むし腰は曲がるし、耳だって段々遠くなって寂しいもんよ」

「そ、そうか……」

「この宿をはじめた頃は俺たちもまだ十代だった。古くなって当然だよなぁ。あれから何十年も経ったんだ……」

「……そんなに前からやっているのか」

若い男女を捜しているということは、やはり相手はイーストン公国の兵士のようだ。

しかし、さすがと言うべきか、アンジェラもベンもまるで動じていない。

『この一週間で客は皆いなくなった』ときっちり皮肉を言いながらも、同情を誘うような口ぶりで自分たちの話に引き込んでいる。

あの二人は伊達に客商売をしてきたわけではないのだ。

こんなときなのに、ステラは思わず聞き入っていた。

——それにしても、あの人たちはどうしていきなりここに来たのかしら……。

外からは他の家の扉を叩く音がひっきりなしに聞こえてきて、一軒一軒聞き回っている様子が伝わってくる。中には揉めている家もあるようで、言い争いになっている声も聞こえた。普段は穏やかなのに、この街の人たちはなかなか勝ち気な性格をしている者が多いようだ。

「おい、なにどうでもいい話に付き合ってるんだ！」

「え？　あ…、すみません……っ」

ところが、そこに突然誰かが割り込んできた。

兵士の上官だろうか。昔話をはじめたアンジェラたちに相づちを打っていた兵士は慌てているようだった。

「まったく…、遊びに来ているわけではないというのに」

「も…、申し訳ありません…ッ！」

「もっと自覚を持て！　この街はもう我々の支配下なのだぞ！」

「はい…ッ」

「では中を確認しろ。部屋をすべて見て回れ！」

「……え…、ちょっとあんた勝手に……っ」

アンジェラの戸惑った声。

ドカドカと中に入ってくる足音。

兵士たちが強引に入ってきたのかもしれない。足音が大きく響き、ステラはルイの袖をぎゅっと摑んだ。

「い…、いきなり押し入るなんてどういうつもりだいっ!?」

「客じゃないなら帰ってくれ！　あんたらにはどうでもいいことだろうが、俺たちにとっては大事な場所なんだ。荒らされちゃかなわない……っ」

「うるさいやつらだ。おい、この老いぼれ共を黙らせろ！」

「し、しかし……」

「邪魔だ！　纏わり付くな……ッ！」

「きゃあ…っ」

「ア、アンジェラ……っ」

まさかアンジェラを突き飛ばしたのだろうか。

悲鳴が上がった直後、床に打ち付けられたような鈍い音がした。

――お年寄り相手に手加減もしないなんて……。

こんな乱暴は許しておけない。

ステラは身体中の血が一瞬で沸き立つのを感じ、我慢できずに動き出す。

どのみち、このままではすぐに兵士たちに見つかるだろう。どうせ見つかるなら隠れていても意味がなかった。

だが、それより先にルイが動いた。

彼は驚くほどの勢いで飛び出し、気づいたときには兵士の一人に摑みかかっていたのだ。

摑みかかったのは、上官の兵士だろう。傍には床に倒れたアンジェラがいて、ベンは彼女を守るように覆い被さっていた。

宿の入り口付近には兵士が他に二人いたが、一瞬の出来事に誰も反応できていない。

ルイは兵士の襟を摑んで軽々と扉のほうまで引きずると、力尽くで外に放り出した。間髪を容れず、残った二人の兵士たちの腕を摑んで宿の外へと引きずり出し、怒りに満ちた表情で声を荒らげた。

「兵士相手ならまだしも、一体なんのつもりだ……ッ!?」

「……ぐ…、な…んだと……？　――あ……？」

わなわなと拳を震わせ、いきなり現れた青年。

兵士たちは何が起こったかわかっていない様子だったが、ルイの怒声に驚き、その勢いにたじろいでいた。

あんなに怒ったルイはステラだって見たことがない。

今にも殴りかかりそうな雰囲気に、立ち尽くしてしまうほどだった。

「君たちは、自分が何をしているのかわかっているのか⁉　人の家にいきなり踏み込んだ挙げ句、か弱い女性に暴力を振るうなど以ての外だ！　イーストン公国の支配下にあると言えば何をしても許されるとでも思っているのか⁉　冗談じゃない。そんなことで従うわけがない。それで人の心を支配できるわけがないだろう……っ！」

辺りにルイの怒声が響き渡る。

彼の言葉に兵士たちは直立していた。上官らしき兵士も呆気に取られて動けない様子だった。

「街から出て行け。二度と顔を見せるな……っ！」

なんてことだろう。これではどちらが上かわからない。

周りには近所の人たちもいて、他にも兵士たちが何人もいたが、ルイの剣幕に押されて誰も何も言えないようだった。

力の差を悟ったのだろうか。やがて兵士たちは強ばった表情でその場から離れていく。

上官の兵士は最後まで残っていたが、しばらくして我に返った様子で辺りを見回し、一人になったと気づいて慌てて立ち上がる。彼もまたいそいそとその場を去り、気づけばイーストン公国の兵士は一人もいなくなっていた。

「兄ちゃん、やるじゃねぇか！　あいつら追い返しちまった！」

「あぁ、スカッとしたわ！　ありがとうね！」

するとと、途端に周囲から歓声が沸き起こる。

見れば近所の人たちだけでなく、宿の周りには騒ぎを聞きつけた街の人たちが大勢集まっていた。

喜びに沸く皆の笑顔。

いつしか喝采が起こり、人々は口々に彼を称賛した。

けれど、ルイはその中で一人ぽかんと立ち尽くしている。なぜ皆が自分を褒め称えるのかわからないといった顔で不思議そうに周りを見ていた。

——三年前の彼を見ているみたいだわ……。

アンジェラの無事を確かめてから、ステラも外に出る。

彼はあのときもそうだった。

人々の喝采を受け、ああやって不思議そうにしていた。

出会った日のことが無性に懐かしくなり、ステラの目に涙が浮かんだ。

と、そこへ通りの向こうから声がした。

「——おーい、おーい！」

皆が振り向くと、一人の青年が慌てた様子で駆け寄ってくる。

彼は両手を大きく振り回し、満面に笑みを浮かべていた。

「皆、聞いてくれッ！　レオナルドさまは生きているぞ……ッ！」

「えっ!?」

「なんでも城のどこかに立てこもっているらしい！　ファレルの兵士たちが守っているそうだ！」

「それは本当なのか!?」

「本当だ。なんたってファレルの兵士から聞いたんだからな！　負傷者は出たものの城は完全に落ちたわけじゃない。そう皆に教えてやってくれって……っ！」

「ってことは姫さまも……」

「あぁ、無事に決まってる！　まだ負けを認めるには早いってことだ！」

瞬間、今日一番の歓声が沸き起こった。

溢れる笑顔。喜びに沸く人々。

――お父さまが、生きている……。

ステラは思いがけない吉報に声も出ない。

息を震わせていると、いつの間にかルイが目の前にいた。

彼を見上げると、指で頬をなぞられる。気づかぬうちに泣いていたようで、ルイが涙を拭ってくれていた。

堪らずルイの胸に飛び込み、ステラは嗚咽を漏らす。

こんなに嬉しいことはない。皆が父を守ってくれていた。すべてが終わったわけではなかった。

まだ負けを認めるには早い。

今の自分にとって、これほどの励ましの言葉はなかった。

——だったら、私には何ができる……？

皆を守るにはどうしたらいいのだろう。

父たちを救い出すにはどうしたらいいだろうか。

何が正解かは、まだよくわからない。

だとしても、今のままでいいとは思えない。

自分が逃げていることで皆を不幸にしてしまうのなら、この生活はもう終わりにすべきなのかもしれなかった。

❀　❀　❀

レオナルドの生存とファレルの兵士たちの奮闘。

一人の青年がもたらした吉報で、このところ沈みがちだった街の人々に笑顔が戻り、宿屋の周辺も一時ちょっとしたお祭り騒ぎになった。

もちろん、イーストン公国の兵士たちが街からいなくなったわけではない。それは街の人々もわかっていたから僅かな時間に過ぎなかったが、それでも皆で笑い合い、握手を交わし、喜びに沸いたひとときは皆を前向きな気持ちにした。

この話は明日には街中に知れ渡っているだろう。

ステラとルイは、夕方になって人々がいなくなるまで宿の外にいたが、アンジェラに呼ばれて宿に戻ると、ずいぶん豪勢な食事が用意されていた。それがアンジェラたちの心からのもてなしだということは聞くまでもなく、ステラたちはいつもより食事の時間を長目に過ごし、目一杯お腹を満たしてから二階の部屋に戻ったのだった。


「――え？　ここを出るって……、今から？」

ところが、部屋に戻ってすぐのことだ。

ルイはオイルランプをテーブルに置くと、いきなり『ここを出て行きましょう』と言い出した。

もう辺りは真っ暗だ。さすがに今からではないだろうと思って聞くと、ルイは硬い表情で頷いた。

「今からです」

「え…、ど、どうして…？　さっきまで何も言わなかったじゃない。皆で食事も取って、お休みなさいって部屋に戻ってきたのに……」

「それは……」

ルイは目を伏せて言葉を濁す。

けれど、なんの説明もないのではわからない。

答えを待っていると、彼は躊躇いがちに口を開いた。

「愉しい雰囲気を壊してしまいそうで言えませんでした……」

「……それは…、わからなくもないけど」

確かにルイの言うことも理解はできる。

腕によりをかけた料理を前にして、なかなか言えるものではない。

宿の外にいたときは次々と人々に話しかけられて、ステラと二人きりになることがなかったというのもあるだろう。

「でも、今からってどうして？」

「……私が騒ぎを起こしてしまったからです。目立つ行動は避けなければならないのに、あんなに派手に兵士たちを追い返すような真似をしてしまいました」

「あれはルイが悪いのではないわ。私だって許せなかった。ルイが行かなければ私が動いていたもの。……そうなれば、正体がばれて最悪の事態になっていたかもしれない。ルイのお陰であの場を切り抜けられたのよ。あのまま隠れていても宿に押し入った兵士たちに見つかっていたはずだもの……」

「それでも…、騒ぎを起こしたのには変わりありません」

「それはそうかもしれないけど、彼らは私がここにいたことを知らないのよ？　ルイに怒られて逃げ帰ったことを恥じてはいるでしょうけど、そんなことでまた来るほど暇を持て余しているとは思えないわ」

　昼に街を歩いたときに感じたことだが、兵士の数は思ったよりも少なかった。

　これから増えるにしても、余計なことに時間を割く暇はないだろう。

　彼らが若い男女を捜しているのは確かなのだから、目的はステラを見つけることに違いないのだ。

「しかし、絶対に来ないとは言えません。もしまた連中がやってきたら……。もちろん、イーストンの兵士に決して後れは取りません。ステラさまは身を挺してお守りしますが、この宿には迷惑をかけてしまいます」

「……わかったわ、ルイ。でも少し落ち着いて。アンジェラさんたちのご厚意で、馬は宿の裏手にある納屋で休んでいるから今すぐ出ることもできるわ。だけど、やっぱり夜に動くのは危険だと思うの……。夜は闇に紛れることができるけれど、それは相手も同じだわ。私はきっとあなたの足手まといになってしまう……。それに、騒ぎを起こしたあと、夜にこっそり抜け出すというのは、後ろめたいことがあると言っているようなものではないかしら。私たちが城から逃げたときも夜だったけれど、それは差し迫った状況だったからで……」

「ならばせめて、明日の朝には出ましょう。アンジェラさんが朝食を作りはじめる前なら、連中もまだ動き出してはいないでしょうから」

ルイは何をそこまで焦っているのだろう。

早く父を救い出したい気持ちはわかるが、正確な居場所もわからないのだ。

今後の方針も決めていない状況で急ぎすぎては逆に捕まりかねなかったが、彼にとってはこれが最大限の譲歩なのだろう。これ以上のやり取りは平行線になりそうだった。

「……わかったわ。明日の朝に出ましょう」

ステラは諦めて小さく頷く。

彼は真面目な人だから、人に迷惑をかけるのが嫌なのだろう。

——私のことも、それだけ心配してくれているのだろうし……。

ルイの顔が青ざめているのが少し気になっていたが、ステラはそこで引き下がることにした。

「では、明日は早いのでもう寝ましょう」

「え？　えぇ…、そうね」

「ステラさまはそちらへどうぞ。程よい時間に声を掛けますので、ゆっくりお休みください」

「あ…、ありがとう……」

ルイはステラをベッドに促すと、自分はソファに向かう。

考えが変わらないうちにと思っているのか、彼はステラがベッドに入る前にさっさとソファに横になってしまった。

——そこまで急いで寝なくても……。

ステラはため息をつき、ベッドの前に立った。

自分もこのまま寝てしまおうかと思ったが、今日は外を歩き回ったから服が汚れているかもしれない。綺麗なベッドを汚すわけにはいかないと、ステラは近くの棚からネグリジェを出した。

これは、街に来てからルイが買ってくれたものだった。

彼は自分の服と剣を質に入れ、そのお金で宿代まで工面してくれたのだ。ステラはあとでそれを知り、そこまで頭が回らなかったことを恥じて自分のドレスも売ってほしいとお願いしたが、ルイは『予備の短剣を持っているので安心してください』と答えにならない答えを返して頷かなかった。

——ルイは、いつも私のことばかり……。

そうやって彼は自分のことは二の次にしてしまうのだ。

ベッドもステラに使わせて、自分は狭いソファで我慢している。

この一週間、彼とは何もない。

同じ部屋で過ごしていても、ずっと一定の距離があった。

「あ…、ルイ、ところで明日はどこへ行くつもりなの？」

「……え？」

ステラは着替えをしながら、ふと思いついて話しかける。

静まり返った部屋に衣服が擦れる音が響くだけなのが気まずかった。

「だって闇雲に動くわけには……。そういえば、ルイの家は海沿いの街にあるって言ってたわよね。もしかして、この街のことだったの？　だとしたら、明日はルイの家に行くつもりで……」

「い、いえ…、そういうつもりでは」

「違うの？」

「……私の家は、この辺りではないので……」

「あ…、そう…なの……」

言われてみれば、海沿いの街はここだけではない。

少しがっかりした気持ちでステラは頷く。

だとするなら、どこへ行くつもりだろう。ただ宿を変えるだけでこの街には留まるのだろうか。

――それならそれで構わないけど……。

逃げている間は、形だけでもルイと夫婦でいられる。

本当はそんなことを考えていられる状況ではなかったけれど、この生活をいつまで続けられるかわからない。そう思うと胸の奥が苦しくなってきて、ステラはじわりと溢れた涙を自分の指で拭った。

「ステラさま、どうかされましたか？」

「あ…、ううん。なんでもないの」

「ですが、今、呼吸が乱れたようです」

「こ、呼吸？　あ…、あの…、本当になんでもないのよ。……それより腕の怪我はどう？　少しはよくなった？」

静かだからといって、呼吸の乱れに気づかれるとは思わなかった。

ステラは顔を赤くしながら慌てて話題を逸らす。

実を言うと、山小屋を出てからは手当てをさせてもらっていないのだ。

宿に来たときはステラの体調が最悪だったこともあって手当てができず、数日経った頃には自分でできるからと断られてしまったのだが、その後も気になってたびたび問いかけていた。

「……治りました」

「もう？　まだ一週間しか経ってないのに」

「その程度の怪我だったのです。ご心配をおかけしてすみません。もう大丈夫ですので怪我のことは忘れてください」

そう言って、ルイはソファで身じろぎをした。

けれど、なんだか信じられない。深い傷ではなかったとはいえ、意識を失うほど熱が出たのだ。心配させないようにまた嘘をついているのではと思い、ステラは彼のいるソファに向かった。

「……、……な…ッ!?」

ソファの前で膝をつくと、すぐ傍でルイと目が合い、彼はビクッと肩を揺らした。

気配には気づいていたようだが、こんなに近くまでステラが来るとは思っていなかったのだろう。

——無理に脱がしたら嫌がられるかしら……。

ふとそんなことを考えたが、山小屋にいたときのような危機が迫っている様子もないのに、そこまでする勇気はない。顔を見ていれば彼が嘘を言っても見抜けるかもしれないと思って、ステラはじっと表情を窺っていた。

「ス、ステラさま……?」

「本当に治ったの?」

「え…? は、はい…、治りました。で…、ですから、ベッドにお戻りください。明日の朝、起きるのが辛くなってしまいますから……」

「なら、手を握ってもいい?」

「……え…っ?」

聞いておきながら、ステラは了承を得る前にルイの手を取った。

——まだ熱があるみたい……。

少し熱っぽい。それにやや湿っている。

顔を覗き込むと、ルイは戸惑い気味に目を泳がせた。

もしかして、あまり近づきすぎては変な雰囲気になりかねないからと、視線を合わせないようにしているのだろうか。

そのわりには、ステラの手を強く握ってきたりと、やっていることがちぐはぐだ。

しまいには呼吸が乱れてきて、ステラの唇に彼の熱い息がかかった。

「……ん」

微かに潤んだ瞳。汗ばんだ手のひら。

逸らした目の奥に潜む密かな劣情に気づき、ステラはコクッと喉を鳴らす。この熱が怪我のせいではないとわかって彼の手を握り返した。

「ルイ…、どうして目を逸らすの……？」

「……そ、それは…、気のせいかと」

「だったら、こっちを見てくれる？」

「え…、う…、あ、その……」

ただ目を合わせるだけなのに、彼はそれさえできないのだ。

言葉にならない声を上げ、その顔はみるみる真っ赤になっていく。

ルイは、こんなにわかりやすかっただろうか。

それとも油断していたから、感情が出てしまったのだろうか。

ステラはこれまでの想いが込み上げてきて彼の手を強く握り締める。

——私だけが意識していたわけじゃなかった……。

ルイも同じように意識していたとわかった途端、ステラの頬にはいくつもの涙の粒が零れ落ちていた。

「私…、やっぱりあの夜のことを、なかったことにはできない……」

「……え」

ステラがぽつりと言うと、ルイは密かに息を呑む。

そこでようやく彼と目が合い、ステラは声を震わせて言葉を続けた。

「立場を考えなければいけない身だということはわかっているわ。皆が大変なときに考えることじゃないって頭ではわかるの……」

「ステラ…さま……」

「だけど、そんなに器用になれないわ。この一週間、あなたは何もしてこなかった。あんなに激しく抱いておいて、何事もなかったかのように過ごしていたわ。それが私の立場を考えてのことだとわかっていても、線を引かれたようで苦しかった……。だってあの夜、あなたは確かに私が好きだと言ってくれた。何度も好きだと言ってくれたわ。それを忘れることなんて、できるわけないじゃない……っ！」

「……ッ」

目も合わせられないほど彼が意識していたとわかって、箍が外れてしまったのだろう。

感情が高ぶって抑えられない。

ルイを困らせるとわかっていても、もう止められなかった。

「言ったでしょう？　私は望んであなたに抱かれたのよ。同じように想ってくれていたことが嬉しかった。立場とか、そういうものはすべてあのときに飛び越えてしまったのよ……。ねぇルイ、あなたにとってあれは一夜限りのこと？　忘れたい出来事なの？　私を他の誰にも渡したくないと言ったあの言葉は嘘？」

「嘘では……」

「だったら、どうして誤魔化すの？　私があの人のものになっても、ルイは何事もなかったように振る舞うの？」

「……え？」

ステラはルイの手を強く握って、唇を嚙みしめる。

本当は、ここまで言うつもりはなかった。けしかけるようなことを言っている自覚もあったが、自分たちにどれだけの時間が残されているかと思うと、どうしようもなく気が急いてならなかった。

「それは、どういう意味ですか？」

「どうって…、そのままの意味よ。……私、ファレルの人々のためなら、なんだってするわ。皆が大好きなの。この気持ちは幼い頃から変わらない」

「何を言って……。まさか、投降する気では……っ」

「……必要なら、そうするつもりよ。もともと誰が相手であろうと、お父さまの決めた相手と結婚するつもりでいたんだもの。もしもあの人と結婚することで国が救われるのなら……──」

「ステラさま……ッ」

「んん…っ!?」

瞬間、ルイの瞳の奥に劣情の炎が宿り、彼の唇でステラの唇は塞がれた。

すぐさま唇の間から舌を入れられ、くぐもった声が部屋に響く。

強引に舌を搦め捕られて掻き抱かれる。それ以上言わないでほしいと懇願するかのような激しい口づけだった。

「ん、んぅ…」

「そんなことはさせません……ッ、ファレルの人々のためであろうと、それだけは絶対に許しません！」

「……んあ、……んん」

かつてないほどの強い感情をぶつけられ、ステラは目眩を覚えた。

彼の呼吸はどんどん乱れ、苦しいほど舌を絡められる。ステラは為す術もなく、それを受け止めるだけで精一杯だった。

「あなたは誰にも渡さない……っ！」

「ん、あ…っ!?　んンぅ…ッ」

直後、ステラはルイに抱き上げられ、ソファに組み敷かれる。

一瞬だけ唇が離れたが、のしかかられた途端にまた塞がれてしまう。

これほど強い感情を、ルイはどこに隠していたのだろう。夢中で唇を貪る彼に、ステラは驚きを隠せなかった。

けれども、このまま受け止めるだけで終わりにしたくない。

これがルイの本心だというなら、すべてをぶつけてほしい。残りの理性を砕くように、ステラは自ら彼の舌に絡みついた。

「……ッ、ステラ…さま……っ」

「っふ…、あ…ぅ」

いつからこんなに彼を好きになっていたのだろう。

一生胸に秘めておくべき想いだと思っていたときもあった。わがままを言って気持ちを押し通そうなんて考えたこともなかったが、もうあのときの自分には戻れそうにない。だめだと言われてもこの気持ちに嘘はつけなかった。

「ルイ…、あなたが好きよ」

「ステラさま……」

「本当は、好きでもない人となんて結婚したくない……。私、こうなってはじめてわかったの。望まない相手との結婚は感情を捨てなければならないって……。だって、あの人に手を触れられたときは嫌悪感しかなかったわ。挨拶するふりをしながら手を舐められて、あんなに気持ち悪いと思ったことはなかった」

「なん…っ!?」

ステラの言葉に、ルイは目を剝く。

エリオットが城に来たとき、彼はステラの様子がおかしいことに気づいていた。けれど、そんなことをされていたとは思わなかったのだろう。怒りに染まる彼の目を見て、ステラは宥めるようにそっと頰に触れた。

「だけど、今はそんなことはもうどうでもいいの。私は、あなたの本心が知りたい。ねぇルイ、教えて。あなたの気持ちをもっと私に教えて……？」

「私の…、本心……」

ルイは目を潤ませて、ステラを見つめる。

もうここまできて引き下がるつもりはない。ステラは彼の唇にそっと口づけ、小さく微笑んだ。

「大丈夫よ。だって私たち、今は夫婦でしょう？」

「……っ」

甘い囁きに、彼はぐしゃっと顔を崩す。

揺れる瞳。震える呼吸。

ルイはもう我慢できないとばかりにステラを搔き抱き、首筋に唇を押しつけると、やがて掠れた声で囁いた。

「……、……です……」

「ん……」

「……好き…です…、あなたが好きです」

「ル…イ……」

「本当は、あなたを私だけのものにしたい……ッ！」

「あぁ…っ」

彼は押し込めた感情を吐き出すと、ステラを軋むほど抱き締めた。

熱い手のひら。肌にかかる吐息。薄いネグリジェだから、彼の興奮が手に取るようにわかってしまう。

ルイはステラの首の裏から肩甲骨までを指先でなぞったあと、ゆっくりと腰のほうへと滑らせていく。

その間も想いを確かめるように舌を絡め合い、彼の首に腕を回すとサラサラの柔らかな黒髪に手が触れる。ただ髪に触れただけだというのに、胸が切なくなるほどの愛しさが込み上げた。

「っは、ぁあ…、ん、あ……」

やがて、彼はステラのネグリジェを捲って腰のくびれを弄り出す。

反射的に身体がびくつき、ルイはその反応を見ながら一気に乳房までネグリジェを捲り上げる。ステラはいきなりのことに驚いたが、食い入るように胸を見つめられ、恥ずかしくなって手で隠そうとした。

「もっと見せてください」

「ンッ」

だが、彼はすかさずステラの手首を掴む。

ステラの脚の間に身体を割り込ませると、乳房に口づけ、硬く尖らせた舌先で敏感な蕾を嬲りはじめた。

「っは…、あぅ…、あぁ…、ああっ」

自分のものとは思えないほどの淫らな声。

彼が胸を舐めるたびにぴちゃぴちゃと水音が響き、身体の奥が熱くなっていく。

肩で息をしていると、ルイは乳房を舐めながらステラを見上げた。

情欲を隠すこともせず、淫らに濡れた眼差しで見つめられ、ステラは身体の中心が切なく疼くのを感じた。

「あぁ…んん、だめ……っ」

「……だめ?」

「そ…、そんなふうにされると…、声が出てしまうから……」

「聞かせてくれないのですか?」

「だって、外に聞こえてしまうわ。もしかしたら、一階にいるアンジェラさんたちのところまで聞こえてしまうかもしれないもの……」

「……では…、こうしていましょう」

「ん、ぅ……ん」

そう言うと、ルイは身を起こしてステラの唇に口づける。

激しく舌を搦め捕られ、唇の隙間からくぐもった声が漏れる中、彼の手は性急な仕草でドロワーズの紐を解いていく。

急かすように引きずり下ろされ、見る間に下肢が空気に晒される。

心許なくなって身を捩ると、僅かに腰が浮いた隙をつくように中心を指で擦られて、びくんと身体が跳ね上がった。

「んんぅ…っ！」

「……柔らかい…。それに濡れています……」

「っあ、ひ…あ…ッ……」

ルイは吐息交じりに囁く。

襞を縦に擦られ、そのたびに淫らな水音が部屋に響いていた。

ステラは全身を紅潮させて身悶（みもだ）える。胸を愛撫されただけなのに、まさかこんなに濡れてしまうとは思わなかった。

「指が、すぐにでも入りそうです。あ…、入ってしまいました……。とても温かくて、包み込まれているようです。動かしてもいいでしょうか……？」

「んっ、あっ、あぁぅ……ッ」

「すごい…です。ステラさまが、私の指をきつく締め付けています」

「やぁ…、もう…、説明しないで……っ」

ルイは中心に指を差し入れると、返事も待たずに出し入れをはじめた。山小屋でしたときもそうだったが、彼は興奮すると饒舌になるのかもしれない。わざわざ身体の状態を説明され、ステラはあまりの恥ずかしさに涙目になって首を横に振る。ルイはさらに興奮した様子で息を荒らげ、ステラの耳たぶを甘噛みして切なそうに囁いた。

「ステラさまのナカ…、気持ちいい…です……」

「んっ、っは、あぁ…う」

はじめは中指だけだったのに、いつの間にか薬指まで入れられて奥のほうまで掻き混ぜられていた。

内壁が擦られる刺激にお腹の奥が疼いて堪らなくなる。

中心から止めどなく蜜が溢れ、いやらしい水音がますます大きくなっていく。

そんなふうにされたら、声を我慢できない。抑えようと思っても、甘い喘ぎ声が出てしまう。ステラの腰は、無意識のうちに彼の指の動きに合わせてゆらゆらと揺れていた。

「あ、あぁう…、あっあっ」

「……ステラ…さま…」

ルイは熱い息を吐くと、首筋から乳房に向かって唇を這わせていく。

硬く尖らせた舌が柔らかな膨らみをなぞり、突起を嬲って腹部へと向かう。

おへその窪みを舌先で突かれ、内壁がルイの指をきゅぅっと締め付けると、彼の舌はさらに下へと向かおうとする。その動きに、はじめてしたときのことが頭を過って、ステラは咄嗟に声を上げた。

「ソコを舐めてはだめ……っ」

「……え？」

「だ…、だめ…、ソコは舐めないで……」

きっとまたあのときと同じことをするつもりだ。

あんなことをされたら、もっと声を我慢できなくなってしまう。

ルイの肩を押さえると、彼はびっくりした様子で顔を上げた。

「どうして私のすることがわかったのですか？」

「どうしてって、それくらい気配でわかるわ……っ」

「……そういうものなのですね。……あの、ですが…、たくさん濡らさなければ、あとが辛いと聞いたことがあるんです」

「そんなの、もう充分濡れてるわ。ルイが一番わかってるくせに……っ」

「え…、そう…なのですか？　す、すみません……。どの程度で充分なのか、よくわからなかったもので……」

「……え？　あぅ…っ」

ルイは若干困った様子で俯き、ステラの内壁を擦り上げる。

確かめるように何度も擦られて、中心からはまた蜜が溢れ出す。

ステラは自分の手で口を押さえ、必死で声を我慢しながら首を傾げていた。

今の会話に既視感を覚えるのはなぜだろう。そういえば、ルイははじめてのときも同じようなことを言っていた。

――もしかして、ルイは全部を覚えていないのかしら……？

疑問を抱き、ルイの表情を確かめる。

その顔はとても真剣で、わざとそうしているとは思えない。

あのときのルイは高熱を出して、明らかにいつもとは様子が違っていた。

ステラはなんとなくそれがわかっていながら抱かれたが、翌日の彼があまりに慌てていたから、すべて覚えているものと思っていたのだ。

「あぁ、も…、だめ……、それ以上は指もだめ……っ」

「だめなのですか？」

執拗に指で擦られ、ステラは堪らず身を捩る。

途端に哀しそうに見つめられ、疑問は確信に変わった。

けれど、それならそれで構わない。

少し寂しい気はしたが、彼にとってはこれがはじめてなのだと思うと、不思議と嫌な気持ちにならなかった。

「指は…、もういいの」

「……指…は」

「そう、だから……、ルイ…、抱いて……。声が出ないように、ちゃんと口づけで塞いでいて……」

「……ッ」

これ以上は、指でも我慢できそうにない。

あと少し擦られれば、きっと快感の波に攫(さら)われてしまう。破瓜の痛みに混じって感じた絶頂をステラははっきりと覚えていた。

ルイはごくっと唾を飲み込み、中心からゆっくりと指を引き抜く。

オイルランプの灯りで指が光っているのがわかって恥ずかしい。

カーッと顔が熱くなるのを感じていると、再びルイに組み敷かれる。彼は肩で息をしながら素早く下衣を寛げ、ステラの脚を腕に抱えて自分のほうへ引き寄せた。

「は…、あぁう……」

熱く猛った先端が中心に押し当てられ、思わず甘い喘ぎが出てしまう。

その直後、ルイはかぶりつくようにステラに口づけ、内壁を押し開きながら腰を押し進めてきた。

「んんー…ッ！」

「――ッ」

一気に最奥まで貫かれ、ステラは弓なりに背を反らす。

嬌声を上げたが、唇を塞がれていたお陰でくぐもった声にしかならない。すぐさまはじまった抽送にも、断続的な喘ぎが密かに漏れるだけだった。

「んぅ、んっ、っふ…、んっんっ」

激しい律動で中心が灼けるように熱い。

性急すぎるほどの動きなのに、どうしようもなく快感が募ってしまう。

夢中で舌を絡め合い、ステラは彼の首に抱きつく。

達する寸前まで追い詰められていたからか、いきなり貫かれても痛みはなかった。それどころか、身体は柔軟に彼を受け入れ、押し殺した喘ぎよりも律動に合わせて響く淫らな水音のほうが激しいくらいだ。

――こんなの、はじめてのときはなかった……。

内壁を擦られるごとに、お腹の奥が切なくなる。

僅かに唇が離れると、彼は濡れた目でステラの名を何度も囁く。絡め合うルイの舌はどんどん熱くなり、気づけばステラは快感を追って自ら腰を揺らしていた。

「んっんっ、んぅっ、あっ、んん…ッ」

「……ステラさま……ッ」

「ひ…んっ、んんっ、んぁ…、あっ、ん」

「好きです…、……好き…、です……ッ」

くぐもった声に混じって繰り返される告白。

はじめてのときを思い出して、ステラの目から涙が零れ落ちる。

あれは夢ではなかった。ルイは自分を好きでいてくれていた。

狂おしいほどの律動に想いが込み上げ、彼の舌を搦め捕る。呼吸もままならず、息ができなくて苦しかったが離れたくなかった。

そのうちに激しく奥を突かれるようになり、全身を小刻みに揺さぶられる。

次第に内股が痙攣しはじめ、ステラは逞しい雄芯をきつく締め付けた。

ルイは苦しげに息を乱して、円を描くようにひくつく中心を掻き回す。感じるところばかりを擦り上げられ、繋がった場所からは一層淫らな音が響いていた。

「んっ、あっあっ、んぅ…、んっあ、んっ」

もうこれ以上は堪えられない。

快感の波に逆らえず、ステラはつま先にくっと力を入れる。

最奥を行き来する熱に目の前が徐々に白んでいくのを感じながら、自ら彼に腰を押しつけた。

「ん、んっ、んぅ――……ッ！」

瞬間、ステラの身体は波打ち、絶頂に攫われていく。

ルイのほうも肩をびくつかせて、切なげな声を漏らしていた。

内壁が断続的に痙攣しはじめると、彼は喉をひくつかせてぶるぶると腕を震わせる。

それでもルイはステラの奥を執拗に突いていたが、これほどの快感にいつまでも堪えられるわけがない。

「――……ッ」

低い呻き（うめ）と共に最奥に熱いものが当たって、律動は少しずつ緩やかになっていく。

やがてその動きが止まり、二人がほとんど同時に絶頂を迎えると、部屋には乱れた息づかいだけが響くだけとなった。

「……っは、ん、はっ、あぁ……ぁ、はあっ、……ン……」

ステラはびくびくと全身を震わせ、快感に喘ぎ続ける。

律動は止まっても、痙攣はなかなか止まらない。

少しすると、ルイのほうは呼吸が落ち着いてきたようで深く息をつく。潤んだ目でステラを見つめるとそっと口づけてきた。

「ステラさま……」

「……ルイ……」

互いの名を呼び合い、またどちらからともなく唇を合わせる。

部屋に戻ってからどれほど時間が経ったのだろう。

明日は早いとわかっていたけれど、まだ離れたくなくてステラは彼の首に抱きついた。

自ら舌を伸ばして彼の舌の上をそっと舐めると、なぜだかとても甘く感じて、今度はその熱い舌に自分の舌を巻き付けて引っ張った。

ルイはしばしそれを黙って受け止めていたが、次第に呼吸が荒くなって同じように舌を絡めてくる。

彼は身体を繋げたままステラを抱き上げるとベッドに向かう。

そのままベッドに横たえられ、ふと見上げるとルイは自身のシャツのボタンを外していた。

今さらながら、彼の衣服にほとんど乱れがないことに気づいて小さく笑う。

ルイはそれを眩しそうに見つめると、素早くシャツを脱いでステラを組み敷く。

「あ…ん、…んんっ、んっ」

果てたばかりだというのに彼のものはすでに熱を持ち、少し動くだけで柔らかな媚肉を淫らに刺激される。

ステラが甘い声を上げて身悶えると、それから程なくして律動が再開された。

部屋には衣擦れの音が響き、密やかな息づかいは夜更けすぎまで続いたが、果てるたびに離れがたい気持ちが募って終わりがない。

何度目かもわからない絶頂で意識を失うその瞬間まで、ステラは彼にしがみついて放そうとしなかった――。

第七章

狭い部屋の中、微かに聞こえる小さな寝息。

ベッドには、疲れ切った様子で眠る憧れの人。

彼女を見ているだけで胸が高鳴る。

数時間前までの情事を思い出すと、どうしようもなく身体が疼いた。

毛布に包まっているのに彼女の身体の形がわかってしまうだなんて、昨日までの自分には考えられないことだった。

――朝焼けが目に痛い……。

ルイは目頭を指で押さえ、欠伸を噛み殺した。

幾度となく想いを交わし、一つになった昨日の夜。

眠ってしまったら、この夢が覚めてしまうかもしれない。

そう思って起きていたら、いつの間にか朝になっていた。

ルイはもう何時間も窓辺に腰かけたままステラを見つめていたが、それでも夢だったのかもしれないと思う瞬間は何度も訪れた。

自分がこんな状態なのは、はじめて彼女を抱いたという感覚があるからだろう。

山小屋にいたときは熱で朦朧としていたせいで、ずっと夢を見ているような気分だったのだ。

だから『夢であるなら……』と想いの丈をぶつけるように抱いてしまったが、朝になって目が覚めても彼女は自分の腕の中にいた。それであれが夢ではなかったと気づいて、慌ててしまったのだ。

『なんてことをしてしまったのだろう。とんでもないことをしてしまった』

将来を嘱望（しょくぼう）され、皆の期待に応えるべく努力をする姿を傍で見てきたのに、自分などが彼女のはじめてを奪ってしまった。どうしてあんなことができたのかと頭を抱える思いだった。

許される関係だとは、とても思えない。

彼女は自分にはすぎた相手だ。己の分も弁えずに手を出していい相手ではない。

ルイは欲望に負けたことを恥じ、いずれ必ず罰を受けると心に誓い、恨まれる覚悟でステラと距離を置こうとした。

にもかかわらず、この一週間はひたすら己の本心との戦いだった。

小さな寝息、寝返りをする気配。

目覚めたばかりの油断した顔、着替えるときの衣擦れの音。

怪しまれないように夫婦と偽ったのだから、彼女と違う部屋にしては不自然になってしまう。やむなく同じ部屋で過ごすことになったが、これまで目にすることのなかったステラの無防備な姿を見るたびにルイは激しく動揺していた。

平然としている様子を見せながら、実際は毎晩ステラの寝息に聞き耳を立て、眠れぬ夜を過ごしていたと言ったら彼女はどんな顔をするだろう。

「……二度目はないと思っていたのに」

ルイはぽつりと呟き、ぐっすり眠るステラに目を細めた。

まさか彼女のほうから近づいてくるなど考えてもみなかった。

あんなふうにまっすぐに感情をぶつけられては、自分などひとたまりもない。

あっさり本音を引きずり出されて理性の箍が外れ、気づけば何度も肌を重ねていた。

追っ手が来るかもしれないと彼女を説得したのは自分だ。

こんなことをしているときではないと心の中で責め立てる自分もいたが、どうしても止められなかった。

本当は、ずっと彼女に触れたかったのだ。

肌理の細かな白い肌に口づけてみたかった。柔らかそうな唇の感触を知りたかった。彼女の頭からつま先まで、自分の指と舌で確かめてみたかった。

いっそ彼女の奥に己を刻みつけて、自分だけのものにしてしまえたらどんなにいいだろう。

従順な従者の仮面の裏で、ルイはそんな浅ましいことばかりを考えていたのだ。

――もう従者失格だ……。

強烈な後ろめたさを感じながらも、心の奥底では歓喜しているのだから救いようがない。朝など来なければいいと何度思ったかわからない。このまま夫婦として暮らせたらなどという邪な考えが過るほど欲深くなってしまった。

ふと、窓の外に目を向けると、うっすらと丸いものが見える。

空は明るくなっていたが、まだ月が見えていた。

「昨夜は満月だったのか……」

ずっと窓辺にいたのに、ステラばかり見ていたから気づかなかった。

しかし、満月に気づいた途端、ルイの胸はズキズキと痛み出す。窓から顔を背けると、ぐしゃっと乱暴に髪を掻き上げた。

――満月は苦手だ……。

煌々と輝く姿に責められているようで苦しくなる。

おまえは幸せになってはならないと言われているようで心が沈む。

『――嫌いだ…、満月なんて大嫌いだ……っ』

頭の中で聞こえる兄の泣き声。

ぽろぽろと零れ落ちる彼の涙は、拭ってもすぐに溢れて止まらない。

『おまえが全部悪い。すべての元凶はおまえだ』

満月が来るたびに植え付けられた罪悪感。兄のすすり泣く姿を思い出すと、今でもときどき身体が動かなくなってしまう。

けれど、満月が嫌いなわけではない。

ステラと出会った日の夜が満月だったからだ。

キラキラとしたエメラルドの瞳で夢を語るステラは、これまで目にしたどんなものよりも美しかった。自分のためではなく人のために生きる。皆を幸せにするために努力を惜しまないという彼女に、ルイは今まで感じたことのない衝撃を受けたのだ。

それまで自分の見てきた世界とは何もかもが違っていた。

身分の高さにあぐらをかき、民のことなど頭にもない。いかに相手を騙し、手柄を横取りするかが大事で、邪魔者を蹴落とすためには手段を選ばない。たとえ崇高な志があったとしても、一瞬で潰されてしまうような世界だった。

その中で、自分はただ命令に従っていればよかった。

他に選択肢はなかった。望みもなかった。考えること自体を放棄していた。

だからこそ、こんな人が存在している奇跡に心が震えたのだ。

力を貸してほしいと言われて誰が断れるだろう。命令されることには慣れていたが、誰かのために何かしたいと思ったのははじめてだった。人に必要とされることがこんなにも嬉しいことだとはじめて知った。

これほど幸せなことは他にない。これからは彼女を守るために生きていこうと、ルイは当然のように跪いていた。

あのときの満月は、それまで見たこともないほど優しい色をしていた。

――ファレル公国は、夢のような場所だ……。

そう思うのは、ステラの存在だけが理由ではない。

レオナルドは君主として人々から尊敬され、驚くほどの気さくさで、突然やってきたルイにも分け隔てなく笑いかけてくれた。城の兵士たちは何かにつけてルイを気に掛け、困ったことはないかといつも優しくしてくれた。

ステラと逃亡してからは山小屋の猟師に助けられ、今は宿屋の老夫婦の世話になっている。街の人々も不安な状況に屈することなく前を向こうと懸命だった。

思い返すだけで心が温かくなっていく。

こんな感情、ここに来るまで知らなかった。

――どうすれば、皆が幸せになれるのだろう……。

ルイは唇を引き結び、再び窓の外を見つめた。

自分の中には浅ましい感情があるが、それ以上に彼女にはあの日自分に語った夢を叶えてほしいと思っている。

そのために、自分には何ができるだろう。

昨日、ルイは街の店を出てから、イーストン公国の兵士とすれ違った。

おそらく彼らは、この顔に見覚えがあったのだろう。

直後に兵士たちが家々を回りはじめたのが偶然とは思えない。アンジェラが突き飛ばされて、ルイは我慢できずに飛び出してしまったが、あのときの兵士たちの驚きに満ちた顔が頭に焼き付いて離れない。

「このまま放っておいてくれるわけがない……」

ルイは目を伏せ、ぽつりと呟く。

そんな期待ができるわけもなかった。

『エリオットさまは、〝父上から直々に命が下った〟と息巻いて軍を動かしたんだ』

一度都に戻ったとき、イーストンの兵士たちはそう言っていた。

ならば、この一連の悪夢はイーストン公国の君主の意志によるものなのだ。

今も英雄と謳われているイーストン公国の君主が、こんなにも卑怯な形で長年の友好関係を壊したことには疑問があるが、その心の内が自分などにわかるはずもない。

なんにせよ、今はステラを連れて逃げるしかない。絶対にエリオットのもとに行かせるわけにはいかなかった。

『……ルイ殿、首尾よく頼みますぞ』

そこでふと、大食堂でのやり取りが頭を過る。

あれはどういう意味だったのか。

あのときのトラヴィスの囁きがずっと頭に引っかかっていたが、どう考えてもあれは

『イーストン公国側』の言葉だった。

トラヴィスは、ルイがここに来たときから何かと気に掛けてくれた男だ。

ルイの素性についてもはじめから知っている様子だったが、これまではそれを特に気にすることはなかった。レオナルドの側近という立場を思えば、その程度の情報は自分が来る前に得ていても不思議ではなかったからだ。

――そういえば、あの手紙はトラヴィスさまから渡されたんだった……。

あれは確か、ファレルの城が襲われる一週間前のことだ。

ステラに乗馬を教えているとき、ルイはトラヴィスに呼ばれて手紙を渡された。

トラヴィスはあの手紙を誰から渡されたのだろう。あれはルイがファレル公国に来てはじめて、『兄』から届いたものだった。

「――う…ん、ルイ……？」

考えを巡らせていると、ベッドのほうから声がした。

見れば、毛布がもぞもぞと動いている。

あと少し眠っていてもよかったのに、もう目が覚めてしまったようだ。

ステラは寝ぼけた様子でベッドを弄っていたが、すぐに誰もいないと気づいたのだろう。

身を起こして部屋を見回し、窓辺にいたルイと目が合うや否や、ほっと息をついた。

「ステラさま、おはようございます」

「お…、おはようルイ。早いのね、いつ起きたの？」

「……つい先ほどです」

「起こしてくれてもよかったのに」

「まだ少し早かったので……。そろそろお声をかけようと思っていたところです」

「そう…。じゃあ…、やっぱりここを出るのね」

「すみません」

「あ、違うの…っ、ルイを責めているわけではなくて……っ」

彼女はがっかりした様子でため息をついたが、ルイが謝罪すると慌てて首を横に振る。

責められているとは感じなかったが、あたふたする表情が可愛くてこのままずっと見ていたくなった。

「……あ、あの…、ルイ。そこの籠から服を取ってもらってもいい？　その…、私、裸で寝てしまって……」

やがて、ステラは胸元を毛布で隠して遠慮がちに言う。

着替えようと思って何も着ていないことに気づいたのだろう。まだルイに裸を見せるのは恥ずかしいようだった。

「少しお待ちください」

「あっ、あと…ッ、ソファの辺りも見てほしいのだけど」

「ソファですか？」

「し…、下着…、落ちているかもしれないから……」

「……ッ！」

ステラはそう言うと、顔を赤くしてソファのほうをチラチラと見る。

ルイもつられて顔が熱くなり、ゴホゴホと咳き込みながらソファに向かう。

ソファにいたときに彼女の下着を脱がしたが、片付けた記憶がない。

案の定、下着はソファの前に落ちていた。ルイはそれを素早い動きで摑み取ると、彼女の服が入った籠を持ってベッドに駆け寄った。

「どっ、どうぞ……っ」

「……あ、ありがとう……」

下着と籠を差し出すと、ステラは真っ赤な顔でそれらを受け取った。

明るい中で彼女の裸を見たことがなかったから、その肌の美しさに目が釘付けになりそうになる。

ルイは触れたい気持ちを我慢して背を向けた。

昨夜、あれほど激しく抱き合い、彼女の身体の隅々まで確かめたはずなのに、衣擦れの音がやけに耳について心臓の音がうるさかった。

「あの…、もう大丈夫よ」

それから程なくして、恥ずかしそうに声を掛けられる。

「は、はい……」

ルイはぎこちない動きで振り返り、頬を赤らめるステラをじっと見つめた。

「……ステラさま、お身体に痛みはないですか？」

「痛み？」

「その…、昨夜はご無理をさせてしまったのではと……」

「あ…、あぁ…ッ、い、痛みなんて全然っ！　お腹の奥にルイの感覚が残ってる気がするだけで……っ」

「えっ」

「え？　あッ、今のは間違い！　ちっ、違うの…ッ、違うから忘れて……っ！」

ステラはさらに顔を真っ赤にして、涙目で否定した。

いつものステラと様子が違う。もしかして、彼女も緊張しているのだろうか。

そう思った瞬間、愛しさが込み上げてくる。彼女は公女ではあるが、まだ十七歳の多感な年頃の娘でもあるのだ。ルイは堪らなくなって、我慢できずにステラを腕に閉じ込めてしまう。

「あ、あの…、ルイ……？」

「昨夜は、何度もしてしまってすみません」

「……ッ、そんなの謝らないで……っ！　わっ、私もたくさん甘えてしまって……、だからお互いさまでしょう？」

「ありがとうございます」

「か…、感謝されるのも違う気がするのだけど……」

「いいのです。ありがとうございます」

「……ルイ」

ステラはルイの腕の中で恥ずかしそうに目を伏せる。

あまりの愛しさにそっと口づけると、彼女はルイの服をぎゅっと摑んで目を閉じた。

角度を変えてただ唇を合わせるだけだったが、自分を受け入れてくれていると思うだけで胸がいっぱいになった。

「……そろそろ行きましょう」

「そう…ね」

それからしばらくして、二人は部屋をあとにした。

まだここにいたい気持ちはあったが、いつまでも留まってはいられない。

荷物を持って一階に下りると、アンジェラと廊下でばったり会った。

寝間着姿なので今起きたばかりなのだろう。朝日が昇って間もないためにまだ寝ているものと思っていた。

「おはよう。そんな荷物持ってどうしたんだい？」

「あ…、あの…、今からここを出ようと……」

「えっ、今から!?　こんな早くにかい？」

「いろいろとお世話になったのに、慌ただしくてすみません」

「……まさか、昨日のことを気にしてるんじゃないだろうね」

「……っ」

「夕食のあと、ベンと話してたんだよ。あんたたち、昨日の騒ぎのことを気に病んで出て行こうとするんじゃないかって……。私らに迷惑をかけるなんて思わなくていいんだよ。助けてもらったのはこっちのほうなんだから」

その言葉に、ルイはステラと顔を見合わせる。

どうやら彼女たちにはすべてお見通しだったようだ。先回りして言われてしまうとは思わなかったから、苦笑いを浮かべるしかなかった。

だとしても、考えを変えることはできない。

後ろ髪を引かれる思いはあったが、ルイは頭を下げて別れを告げた。

「ここで過ごしたことは忘れません。あんなに美味しい食事をいただいたのは、はじめてでした。お二人には本当に感謝しています」

「……まぁ……」

アンジェラは眉を下げて、ルイたちを交互に見つめている。

隣ではステラも一緒に頭を下げていた。

「こんな朝早くからどうしたんだ？」

顔を上げると、アンジェラと同じく寝間着姿のベンが近づいてくる。話し声が聞こえて起きてしまったようだ。

「あんた、それがね……」

ベンがすぐ傍まで来ると、アンジェラはすかさず口を開いた。

ところが、

――コン、コン……ッ。

不意にノックの音がして、そこにいた全員がびくんと肩を揺らした。

こんな早朝に誰が訪ねてきたのだろう。

ルイは息をひそめて外の気配を探るが、騒がしさは感じられない。

それでも、もしものときのことを考えて、ステラを連れて逃げるための経路を探して周囲を見回した。

「……どちらさんだね？」

ベンが玄関扉まで近づき、問いかける。

けれども、数秒経っても答えは返ってこない。

ステラが息を震わせているのに気づき、ルイは彼女の手を握った。

「あの、どちら……――」

「……つかぬことを伺いますが、黒髪の青年がこちらのお世話になっていないでしょうか。

ルイ…、という名の青年なのですが……」

遠慮がちな小さな声。

どこか聞き覚えのある声だった。

「あ、失礼。私はマークと言います。城からやってきたファレルの兵士です。こんな早朝に申し訳ありません。実は、この辺りの宿で昨日騒ぎがあったと報告を受けてやってきたのです」

その言葉に、ルイは目を見開く。

しかし、覚えのあるその声は、確かにマークのものだ。

ルイは不安そうなステラに小さく頷く。彼女をアンジェラに預けると、ベンに断って扉を開けた。

「ルイ…ッ！」

「マーク、無事だったのですね！」

「それはこっちの台詞だ！　心配させやがって！　――あっ、ステラさま!?　よくぞご無事で……ッ。よかった、本当によかった……っ！」

そこにいたのは、やはりマークだった。

マークとは城の大食堂で話したきりだったが、まさかこんな形で再会できるとは思ってもみなかった。

ステラに気づくや否や、彼は喜びをあらわにした。

そんな彼を見て、ステラもほっと息をついている。城にいる兵士の顔をすべて記憶しているわけではないだろうが、マークはルイのことをよく気に掛けていたから見覚えがあるのかもしれない。

「ステラさま、どこかへ行かれるところだったのですか？」

　ふと、マークがルイの手元を見て問いかける。荷物を持っていたから、そう思ったのだろう。

「あ、えぇ……、ちょうど宿を出ようとしていたところだったの」

「そうでしたか！　行き違いにならずによかったです」

「……ところで、城の情勢は今どうなっているの？　父が無事だという話は昨日聞いたのだけれど」

　玄関扉のほうまで近づき、ステラは緊張気味に問いかける。

　それについてはルイも知りたかった。答えを求めるように見つめると、マークは若干顔を強ばらせて口を開いた。

「……情勢は……、決していいとは言えません。レオナルドさまはご無事ですが、体調が思わしくなく……。我々は城の一角に陣取っているのですが、徐々に食糧が尽きて皆の疲労が濃くなっています」

「そんな……っ」

　マークの話に、ステラは顔に動揺を浮かべた。

　不安に揺れる瞳を見て、ルイはせめてもの思いで彼女の傍に立つ。

　何もできない自分を歯がゆく思っていると、マークは気持ちを切り替えた様子で先を続けた。

「しかし、我々の中に諦める者は一人もいません。城の外の兵士とも秘密裏に連携し、密かにステラさまとルイを捜し続けておりました。私は昨日の騒ぎを知って城を抜け出し、一晩かけて走って来たのです。見つけ次第、二人を保護するようにとレオナルドさまより命を受けて参りました」

「お父さまから？」

「そうです。ですからご安心ください。ひとまず港に向かいましょう。貿易船の船長と交渉し、乗船の許可は得ています。次の停泊先にはファレルの軍が管轄する施設があるのでそこを目指しましょう」

「わ、わかったわ！」

ステラは目を潤ませて頷いている。

それは、想像を遥かに超えた光明だった。自分たちの噂を聞きつけ、駆けつけてくれたマークには感謝しかない。

「アンジェラさん、ベンさん、短い間でしたが本当にお世話になりました」

「……こ、これは一体……。ステラちゃん、あなたは……」

その一方で、アンジェラとベンは突然の展開に呆然としていた。

驚くのも無理はない。ステラが逃げていることさえ知らなかったのだから、自分たちの客が『姫さま』だったなんて誰が思うだろう。

とはいえ、今は説明している時間がなさそうだ。

マークが急いでいる様子なのは、出航の時間が迫っているからだろう。

ぽかんと立ち尽くすアンジェラたちを横目に、ルイは素早く扉を開けてステラを外に促す。ステラは小さく頷くと、最後にもう一度二人に頭を下げて外に出た。ルイも同じように深く頭を下げてから扉を閉める。

「では、行きましょう！」

「あ…っと、マーク、少し待ってもらえますか。納屋に馬を休ませているのです。宿のすぐ裏手なので時間は取らせませんせん」

「そう…か。そうだな、貴重な足を置いていくわけにはいかないからな」

「すみません」

そう言うと、ルイは宿の裏手へ向かおうとする。

馬が貴重な足なのはそのとおりだ。しかし、本音を言えば、ステラを港まで走らせるわけにはいかないという考えのほうが強かった。

「……え？」

だが、宿の傍の十字路を右に曲がろうとしたときだった。

視界の隅で何かが動いた気がして、ルイはぴたりと足を止める。

十字路の左側。納屋と反対の方角に目を凝らすと、遠くに人影が見えた。

――あれは…、なんだ？

人影は人影だが、明らかに数がおかしい。

道いっぱいに隊列を組んで進む兵士たちだった。

彼らが掲げる旗にはイーストン公国の紋章が描かれている。隊列の中央には美しい白馬がいて、その馬に乗った若い男が兵士たちを率いているのが見て取れた。

「……兄…上……」

ルイはごくっと唾を飲み込み、一歩下がる。

自分たちには、もう一刻の猶予もない。

それを本能的に理解した瞬間、ルイは玄関先まで駆け戻ってステラの手を摑んだ。

「走ってください！」

「ル、ルイ？」

「早く、マークも…ッ！」

「え？　だって馬はまだ…——」

ルイの慌てように、はじめはマークも不思議そうにしていたが、その理由に気づくまでそう時間はかからなかった。十字路のほうに目を移した途端、マークがぶるっと背筋を震わせたからだ。

もうそこまで来ているのだろう。

ルイはステラの手を摑んで走り出し、マークもそのあとを追いかけていく。

彼女を連れて港まで走れるかはわからないが、ここまで来て捕まるわけにはいかなかった。

「——やつらを捕らえよ……ッ！」

瞬間、白馬に乗った男が怒声を上げた。

その声にステラも真っ青になって走っていた。

だが、鍛えられた兵士の足にそうそう勝てるものではない。ルイとマークだけなら逃げられるかもしれないが、彼女を置いていくなど論外だった。

「ルイ…、どうする…っ!?」

追いつかれるや否や、マークは焦った様子で声を上げた。

多勢に無勢とはまさにこのことだ。

一気に周りを囲まれ、もはや逃げ場などありはしない。

ルイはステラを庇うように前に出ると、麻袋から短剣を取り出した。

庶民を装うには長剣は目立ちすぎる。そう思って、長剣は質に入れてこの短剣だけを手元に残したが、もはや問題は剣の長さなどではなかった。

この先は、僅かな躊躇いが命取りとなるだろう。

自分はステラの従者だ。たとえ残酷な場面を見せることになっても彼女だけは守り通さねばならないと、ルイは鞘から刀身を引き抜いて短剣を構えた。

「まったく、諦めの悪いやつらだ。いい加減、負けを認めたらどうなんだ」

「……っ」

すると、兵士たちの後方からため息交じりの声が響く。

ルイはびくりと肩を揺らし、声の主に目を移した。

兵士たちが素早く左右に分かれると、その空いた場所に二頭の馬が止まった。

一頭はエリオットを乗せた白馬。

もう一頭は栗毛の馬だ。

その馬は先ほどまで白馬に隠れてよく見えなかったが、馬上にいる男を目にした瞬間、ルイは己の心が冷えていくのを感じた。

「トラヴィス…？　どうしてトラヴィスが……？」

ステラは激しく動揺し、声を震わせている。

当然ながら、彼女は何も知らない。確証があるわけではなかったから、トラヴィスが裏切っている可能性をルイは彼女に話していなかった。

「ステラさま、お捜ししましたぞ。お遊びはこのくらいにして、そろそろ城にお戻りくださいませんと」

「お遊び……？」

「そうですぞ。追いかけっこもほどほどにしなければ、エリオットさまに呆れられてしまいますからな」

「何を…、言っているの……」

彼女は今どれほどの衝撃を受けているだろう。

どれほどの失望を抱いているだろう。

エリオットはその様子をニヤつきながら眺めると、小馬鹿にした口調でルイに問いかけた。

「愚かなやつ。そんな短剣一本で、何ができるっていうんだ？」

「……やってみなければわからない」

「つは、言うじゃないか！　だったら、やってみればいい。僕はここで見ていてやろう。さぁ、おまえたち、あいつを捕らえろ！　僕の前に跪かせるんだ！」

「……はい…ッ！」

エリオットは笑みを浮かべながらも、憎悪のこもった目を向けていた。

懐かしく思うくらい何も変わっていない。いつだってエリオットはあんなふうに自分を蔑んでいた。

「何をしている、早くしろ……っ！」

だが、なぜか兵士たちは躊躇っている様子だ。

少しずつ前に出るものの、一定の距離を保って襲いかかろうとしない。

――まさか、遠慮しているのか？

自分は彼らにとって『裏切り者』のはずだ。

それでも、この身に流れている血に遠慮して手が出せないようだった。

「こいつら…、どうしてかかってこないんだ……？」

そんな兵士たちに気づいてか、マークが低く呟く。

ルイの正体を知らない者として当然の反応だった。

――俺は、ファレルの人たちも裏切っていることになるのだろうか……。

そんなふうに考えたことはなかったが、そう思われても言い訳はできなかった。

けれど、ファレルの人たちに嫌われるのは想像するだけでも辛かった。

ステラに軽蔑されたらと思うと足が竦んでしまいそうになった。

「――なんだ、あれ……。イーストンの兵士があんなに……っ」

そのとき、周囲がざわつきはじめる。

この騒ぎに気づいて人々が集まり出したようで、その中にはアンジェラやベンの姿もあった。

そんな街の人々の視線を背に、エリオットは不敵な笑みを浮かべている。

何かを思いついたのか、彼はとても愉しそうにステラに笑いかけた。

「ならば、ステラ殿。この際ですから、あなたに答えを出してもらいましょうか」

「……え？」

「すでに噂になっているようですが、ファレル公が今も籠城しているというのは本当のことです。しかし、そこに攻め込んでファレル公の首を取ることは、僕たちにとってそう難しい話ではないのですよ」

「……っ!?」

「けれど、僕だってお美しいあなたを悲しませたくはない。嫌われるかもしれないと思うと胸も痛む。この繊細な男心、わかってくれるでしょう？」

「何を…、おっしゃりたいのですか」

「何をって決まっているでしょう。僕はあなたと取引をしたいのですよ。あなたの父上の命と引き替えに、僕の妻になるというね……」

「な…っ!?」

その言葉に周囲のざわつきが大きくなった。

ルイは目を剝き、腰を低くして剣を構える。

そんな話に誰が乗るというのか。ルイは怒りで息を震わせ、エリオット目がけて突進した。

「何をしている腑抜(ふぬ)けどもめ！　早くあいつを捕らえろッ！」

瞬間、エリオットが怒声を上げる。

それまで一定の距離を保っていた兵士たちだが、その怒声を皮切りに一斉に飛びかかってきた。ルイが前に出たことで動かざるを得なくなったのだろう。

ルイは、それを一人二人と躱して、よろめいた兵士を短剣の柄で突き飛ばしていく。

周りの兵士へ突き飛ばしたことで、彼らの勢いはそこで僅かに削がれたが、後ろにいた兵士が前に出てきてすぐにまた囲まれてしまう。

それでもルイは襲いかかる相手を次々躱していく。

エリオットが乗る白馬まであと二メートルというところまで迫っていた。

しかし、さらに前に出ようとした瞬間、ルイは背後からの気配に気づく。

咄嗟に右に跳んで背後の動きを躱すと、自分に飛びかかろうとした兵士が勢いよく地面に転がっていった。

そのままさらに兵士たちの動きを躱していたところ、不意にマークが近づいてくる。

そうだ。ここにはマークもいたのだ。彼の加勢があればエリオットに切り込むこともできるだろう。

ルイは兵士たちに意識を戻す。

ところが、マークに背中を預けた直後、味方であるはずの彼になぜか羽交い締めにされてしまった。

「な…っ!?」

「……ま…ない……」

「マーク、何を…ッ!?」

「……まない……、すまない……」

「……っ」

背後からの声にルイは身を強ばらせる。

切羽詰まった声が、これ以上ないほどの失望を与えた。

「すまない…、すまない…、許してくれ……」

「……マ…ク……」

何が…、起きているのだろう。

――俺は騙されたのか……？

そう思い至った瞬間、ルイはさまざまな感情に振り回され、血が滲むほど唇を噛みしめた。

宿に来たときは、もう騙すつもりでいたのだろうか。

イーストン公国の兵士たちが捕まえやすいように、自分たちは外に連れ出されたということか。

まんまと嵌められた。簡単に騙されてしまった。

「すまない……」

涙声で謝罪するくらいなら、その手を放せばいいだろう。

「放せ――…ッ！」

ルイは空に向かって叫び、渾身の力で暴れた。

だが、いくら腕を振りほどこうとしても、上手くいかない。

一度動きを止められてしまうと抜け出るのは難しく、そのうちに他の兵士たちに手足を摑まれて完全に身動きを封じられてしまう。ステラが駆け寄ろうとする姿が見えたが、彼女も兵士に囲まれてしまった。

「僕の言うとおりにすれば、ファレル公は助けてやろう！　その代わり、僕の妻になると誓うんだッ！」

「だめ…だ…ッ、そんなのは嘘に決まっている！　ステラさま、頷いてはなりません！

これは罠です！」

「そいつを黙らせろ！」

「ん…ぐ…ッ」

「ルイ…ッ！」

ルイは兵士たちに口を押さえられ、言葉まで封じられてしまう。

呼吸もままならなかったが、彼女のほうが心配だった。なんとか目の動きだけで確認すると、ステラはぼろぼろと涙を流してルイを見つめていた。

「さぁ、答えろ。僕の妻になると言え……っ！」

エリオットは爛々と目を輝かせている。

これほど愉しそうな顔を見るのははじめてだった。

ルイは必死でもがくが、まるで身動きが取れない。あまりの不甲斐なさに、全身の血が煮え切ってしまいそうだった。

「……ルイの命と…、ファレルの民の身の安全も保証してくれますか」

やがて、ステラがぽつりと言う。

「ん…、んんー…ッ！」

ルイは呻きを上げ、力を振り絞る。

それ以上言うのはやめてくれと懇願するようにもがき続けた。

「ずいぶん要求が多いね」

「それは、保証できないということですか？」

「いや…、まぁ、いいだろう。君にはそれだけの価値がある」

「信じても…、いいのですね……？」

「もちろんだ。この場にいる皆に誓おう。さぁ、君は早くこっちに来るんだ。一緒に城へ帰ろうじゃないか」

「……わかりました」

そう言うと、ステラは白馬のほうへと近づいていく。

彼女はルイから目を逸らすと、躊躇いがちにエリオットの手を取った。

馬に乗るや否や、彼女は後ろからエリオットに抱き締められる。

「何を……っ」

「ふふっ、やっと戻ってきた」

「や、やめてください……」

「まったく余計な手間がかかったものだ。この馬鹿な弟のせいでね」

「……え？」

「なんだい、その反応。あぁ、もしかして、まだ聞いてなかったのか」

「ど…、どういう……」

「そいつはね、僕の弟なんだよ。あはっ、似てないだろ？　これでも一応、両親は同じなんだ。こんな馬鹿なやつ、弟になんてほしくなかったんだけどね」

「──ッ!?」

エリオットは平然とした顔で打ち明けると、肩を竦めて笑っていた。

しかし、周りの衝撃は計り知れない。ステラも街の人々も皆、ルイを見て固まっていた。

──やはり俺は、裏切り者なのだろうか……。

ステラを失望させてしまっただろうか。

彼女は呆然とルイを見ているが、その心の内はわからない。

あなたを裏切ろうとしたことなど一度もない。そう訴えたかったけれど言葉にはならなかった。

『おまえが全部悪いんだ。すべての元凶なんだよ』

『おまえは、自分の罪を死ぬまで胸に刻みつけていろ』

『おまえは僕の言うことを、なんでも聞かなければならないんだ』

頭に浮かぶのは、幼い頃から呪文のように繰り返されてきた言葉の数々。

自分はずっとエリオットの言いなりだった。

この国に来たときもそうだった。

ルイは『行け』と言われたからファレル公国に来ただけだ。どうして来たのか、なんのために来たのかなんて考えたこともない。かつての自分は、兄の命令にただ従うだけの下僕でしかなかった。

けれど、ファレルの城が襲われたときは違う。

エリオットが大食堂で『殺せ』と叫んだとき、すぐにあれは自分に命じたものだとわかったが従うことはできなかった。

　自分がどこの誰かなんてどうでもよかった。ステラに出会ったあの日から、ルイの世界はすっかり変わっていた。

「――エリオットさま…ッ！」

　そのとき、一人の兵士が通りの向こうからやってくる。

　エリオットは眉をひそめ、うんざりした顔でその兵士を睨めつけた。

「うるさい、大声を出すな！　しかし、急ぎお伝えしたいことが！」

「す、すみません！

「なんだ」

「バッシュさまが…、バッシュさまが城にご到着されたとの報告を受けました……ッ！」

「……ッ、それは本当か!?」

「間違いありません！」

　兵士の話に、エリオットは驚いた様子で声を上げた。

　けれど、すぐにニヤニヤと笑いを浮かべ、ステラの首元に顔を埋める。

　嫌がる彼女に構うことなく、喉の奥で笑いを嚙み殺して肩を震わせていた。

「あぁ、今日は最高の日だな。何もかもが僕に味方している」

　陶酔しきった様子で手綱を握ると、エリオットは馬腹を蹴った。

「僕は一足先に戻るぞ！　父上に報告がある！」

「まっ、待って！　その前にルイを放してあげて……っ！」

「わかったわかった。気が向いたら放してあげるよ」

「な……」

「ははっ、そう怒らないで。美しい顔が台無しになってしまうよ。どうせ誰も僕には逆らえやしないんだから、君も従順でいたほうがいい。……あぁ…でも、この街の連中はまだ状況がわかっていないみたいだね。あんなふうに僕を睨んで、なんて醜いんだろう。そうだ、見せしめに半分くらい殺してしまおうかな。どうせ生きていてもなんの役にも立たないんだから」

「な、何を…っ!?」

「あはっ、冗談だよ」

エリオットは愉しそうに笑って周囲を見回した。

怒りに震える人々を横目に、彼は鼻歌を歌いながら馬を走らせる。

ステラの怒りが伝わってきたが、エリオットが意に介することはない。遠ざかる白馬を追うように、トラヴィスの馬も走り出した。

ルイの傍では「すまない、すまない」とマークが地面に頭を擦りつけていた。

しかし、ルイにはステラ以外に目を向けている余裕など微塵もない。

そのとき不意に口を塞ぐ手が外れた。

「ステラ…さま…ッ！」

ルイはすかさず身を捩り、兵士たちの手を振り払う。そのままステラを追いかけようとしたが、すぐに追いつかれてまた羽交い締めにされた。

「この…っ、放せッ、ステラさま…、ステラさま――…ッ！」

何人もの屈強な兵士たちに押さえつけられては、身動きなど取れるはずもない。

それでもルイは、彼女の姿が完全に見えなくなってももがき続けた。

その場にいた誰もが『本当にエリオットの弟なのか？』と疑問に思ったことだろう。

脇目も振らずにステラを追いかけようとする姿は、誰が見てもイーストン公国の者ではなかった。

第八章

遠ざかる海沿いの街。

ファレルの城へと駆ける蹄の音。

「あぁ…、ステラ……、はぁ、はぁ…っ」

ステラは流れる景色を馬上からただじっと見つめていた。

街を離れるうちに、徐々に興奮した息づかいが背後から聞こえるようになった。

そのうちにエリオットに後ろから胸を揉まれ、匂いを嗅がれたり首筋を舐められたりもしたが必死で我慢していた。

「…っはぁあ、……んん、……上…、……母…上ぇ……」

甘えるように何度も囁かれたが、もはや理解したくもない。

だからステラは城に戻るまでの間、最後に見たルイの顔を思い返し、何を信じればいいのかをひたすら考えていた。

——ルイが、エリオットの弟だったなんて……。

それは彼がイーストン公国の第三公子であることを意味していたが、あまりにも衝撃的で、すぐには呑み込むことはできなかった。

もちろん、まったく思い当たる節がなかったとは言わない。

彼には一つひとつの所作に品があった。人に教えられるほどの高い教養があることからも、ルイがそれなりの家の出身だということはステラも薄々感じていたのだ。

だからといって、ここまでのことを想像できるわけがなかった。

——それに、考えれば考えるほど腑に落ちないのよ……。

もしもルイがファレル公国を奪うために来た密偵だというなら、大食堂でレオナルドを助けたのはなぜなのか。ましてやステラを連れて逃亡するなど、イーストン公国に対する裏切り行為としか言いようがなかった。

そもそも、ルイはこの三年間、不審な動きをすることなどなかったのだ。

ステラを連れて逃げている間も、必死で守ろうとする姿に偽りはなかった。エリオットに素性をばらされたあとでさえ、彼の目には一点の曇りもなかった。

——ルイと、もっと話をしたい。

一体、何が正しくて何が間違っているのか。

父の側近として長年仕えてきたトラヴィス、ファレルの兵士であるマーク。

味方だと思っていた相手がそうではないと知った今だからこそ、感情的になってはいけないと思える。冷静に見極めるには、ルイが何を思ってステラの傍にいたのか、彼の口から直接聞くまでは判断できなかった。何よりも、ステラ自身がルイを信じたいと思っていた。

——ルイはあれからどうなったのかしら……。

エリオットは気が向いたら放すと言っていたが、この男はまるで信用できない。

あの場で少し見ただけでもエリオットはルイに異様なほど冷淡で、二人は本当に兄弟なのかと思うほどだった。

「ぁあ…、…はぁ、はあ……っ」

背後に意識を戻すと、左の耳に熱い息がかかった。

おぞましさに頬を引きつらせ、ステラは唇を噛みしめる。

この男は、ここが馬上だということを忘れているのではないか。

息がかからないように顔を右に傾けると、不意にトラヴィスと目が合う。

憤りをぶつけるように睨むと、トラヴィスはステラからさっと目を逸らす。多少の罪悪感はあるようだが、とても許せるものではなかった。

それから、ひたすら馬を走らせて数時間。

ステラたちが街を出たのは早朝だったが、城に到着したときはすでに昼近くになっていた。

「——さぁ行こうか、ステラ。父上に君を紹介しなければね！」

エリオットは馬を止めると、浮かれた調子で手を差し出してくる。

彼はすっかり恋人気取りでステラの手を取ると、まるで自分の城のように中へと促した。

はっきり言って、エリオットには嫌悪感しかない。

好意的な感情など微塵もなかったが、自分の行動一つでファレル公国の未来が左右されるかもしれないと思うと大人しく従わざるを得なかった。

――この先で待つ相手の顔は、しっかり目に焼き付けておこう……。

かつてファレル公国と友好関係を結び、英雄と謳われたイーストン公国の君主。

呆気なくすべてを過去にした男が一体どんな顔をしているのか、しっかりとこの目に焼き付けておきたかった。

「父上…ッ！」

「……エリオット」

大広間に足を踏み入れると、その男は窓際に佇んでいた。

白髪交じりの黒い髪。深く青い瞳。

背は高く、服の上からでも胸板の厚さがわかるほど鍛えられた身体。

立っているだけでピリピリとした緊張が伝わり、ステラはその男――バッシュを、息をひそめて見つめた。

「わざわざ父上が来てくださるなんて、まるで夢のようです……っ！」

エリオットはずいぶん彼を慕っているようだ。

まるで主人を見つけた仔犬のように喜びをあらわにし、満面に笑みを浮かべて窓辺に駆け寄っていく。

「父上、ここはもう我々のものです！　僕の力で一晩のうちに城を落としたのです！　周辺国もそろそろ噂を聞きつけ、恐れおののいているはず……。ふふっ、この勢いがあれば、新たな帝国を築くこともできるかもしれませんね」

——新たな帝国ですって……？

エリオットの言葉に、ステラは目を見開く。

ならば、ファレルの城を襲ったのは、その手始めだったということか。新たな帝国を築くのが彼らの真の目的だったということか。

しかし、当のバッシュはそれを黙って聞いているだけだ。

目的を果たしたであろう我が子に笑顔を向けるどころか表情一つ変えようとしない。普段からこうなのかはわからないが、やけに温度差があった。

「あっ、父上、紹介します！　彼女はステラと言って…、その…、僕の運命の女性です。突然のことで驚かれるかと思いますが、彼女との結婚をお許しいただきたく……。ひと目見た瞬間に恋に落ちてしまったのです！」

「……ステラ……」

「こんなみすぼらしい恰好をしていますが、彼女はファレル公の娘に間違いありません。結婚相手としても不足はないかと思います」

エリオットの説明に、ステラはむっとする。

普通の町娘の恰好をみすぼらしいだなんて、なんて失礼な男だろう。

内心腹を立てていると、不意にバッシュと目が合ってドキッとした。

バッシュとエリオットはあまり似ていないが、ルイとは顔つきや目の色までそっくりだった。

——だけど、少し顔色が悪いみたい。

その顔をじっと見ているうちに、ステラはそんな印象を抱く。

一年前、レオナルドが倒れてからというもの、体調の変化に気づけるようにと、人の顔色を見る癖がついてしまった。

目の下の僅かな隈や眉間に寄った深い皺に、そこはかとなく疲労の色が見える。

少なくとも、万全の体調ではなさそうだ。椅子に座ればいいのに無理をして立っているようにも感じられた。

「そうだ！　折角なのでファレル公を連れてきましょう！　実はまだ城の一角に閉じこもったままなのですが、強引にでも引きずり出してみせます。どのみち、食糧が尽きれば終わりだというのに、本当に諦めの悪い……——」

「……その必要はない」

「え？」

「すでに俺の側近を向かわせてある。そろそろ来られるはずだ」

「そ、そうだったんですね！　さすが父上です！」

短いながらも、ここに来てからはじめてのまともな会話だった。

エリオットは自分のためにバッシュが動いてくれたと喜び、嬉々とした表情で頷いている。

――そろそろって、どんな手を使って連れてくるつもりなの……？

ステラは顔を強ばらせて、ぐっと拳を握る。

今のところ、バッシュからはエリオットのような横柄さを感じないが、いきなり城を奪おうとするような男がレオナルドに紳士的な態度を取るとは思えなかった。

――コン、コン。

そのとき、扉をノックする音が響き、ステラは肩をびくつかせた。

大広間は水を打ったように静まり返り、ややあってキィ…と扉が軋む音がする。

おそるおそる扉のほうを見ると、そこにはイーストン公国の兵士に促されて部屋に足を踏み入れるレオナルドがいた。

「……お父さま」

窪んだ目。痩けた頬。

別れたときよりも、ずいぶん痩せてしまった。

ステラが目に涙を滲ませていると、レオナルドはこちらを見て微かに息をつく。

自分のほうがよほど大変な状況に置かれていたはずなのに、娘の無事な姿に安堵しているようだった。

「ふ…、ははっ、あははっ、強情を張った結果がそれか？　足下がふらついているじゃないか！　なんて情けない姿だ。こうなっては、ファレルの君主も形無しだな！」

レオナルドが僅かによろめくと、エリオットはすかさず茶々を入れた。

――お父さまを馬鹿にするなんて……っ。

ステラは激しい怒りを覚えて奥歯を噛みしめる。ニヤついた顔は悪意の固まりで、見ているだけで不愉快な気分にさせられるものだった。

けれど、感情に任せたところで相手の思うつぼでしかない。

大広間にはレオナルドとステラ以外にファレルの者はいないのだ。

イーストン公国の君主であるバッシュとその息子のエリオット、扉の傍にいる兵士たちと、他にはトラヴィスがいたが、彼はもうこちら側の人間ではない。

ここが自分の生まれ育った城とは思えないほど不利な状況に、ステラは息を震わせてバッシュに目を向ける。

彼はレオナルドを食い入るように見つめながら、なぜか憤った様子で息をついていた。

――この人は何に怒っているの……？

これは彼が望んだことだ。望みが叶っているのに何に憤るというのか。

眉をひそめてバッシュの横顔を窺っていると、エリオットの不快な声が部屋に響いた。

「父上、今日を記念日にしましょう！　ファレル公国の終焉を、こうして一緒に見ることができたのですから！　僕だってやろうと思えばここまでできるんですよ。少しは見直してくださいましたか？」

「……」

「ふふっ、けれど本当は僕、レオナルドが倒れた一年前に城に攻め込みたかったんです。だけど、あのときは父上も体調を崩していたから泣く泣く諦めたんですよ。軍を動かすには父上の署名が必要でしょう？　誰が見てもそんなことができる状況じゃありませんでしたからね。……それに、そこにいる男…、トラヴィスをまだ完全にこちら側に引き入れることができていなかったので、時機ではなかったのかもしれません。城に攻め込むとなれば、ファレル側からの協力は不可欠ですからね。まぁ、『待つ』というのも時には必要なことなのでしょう。僕も辛抱強くなったものです。彼はレオナルドの側近でしたが、ずっとどっちつかずの状態で三年も待たされました」

エリオットは肩を竦め、苦笑気味に壁際を見やる。

壁際にはトラヴィスがいたが、彼は突然自分の話題になって動揺していた。

しかし、皆の視線が集まると若干照れた様子で咳払いをし、バッシュに一礼する。それを見てエリオットが笑い出し、トラヴィスも同じように笑った。

――つまり、今回のことはトラヴィスの協力があってこそだったのね……。

ステラはエリオットの話に憤りを隠せない。

要するに、こちら側の協力があったから、あれほどの数の兵士が城に来るまでレオナルドに報告が上がらなかったのだ。大食堂に大勢の兵士たちが突然やってきたのも、トラヴィスの手引きによるものだったのだろう。何を餌に釣られたのかは知らないが、すっかり『向こう側』の顔をしたトラヴィスには失望しかなかった。

だが、それとは別にステラは今の話に違和感を抱いた。

エリオットが軍を引き連れてきたのはバッシュの命令があったからだ。

ステラが逃亡中に一度都に戻ったとき、イーストン公国の兵士たちがそう言っていたのを覚えている。

それなのに、泣く泣く諦めたとはどういうことなのか。

――なんだか、話が見えるようで見えないわ。

先ほどのエリオットは、バッシュが体調を崩したことで計画が狂ったとでも言いたげだった。その言葉の端々からは、自分の計画を褒めてほしいと言っているようにも感じられる。

「……ルイは……」

「ルイ…？」

「ルイには、今回のことを事前に伝えていたのか？」

「なぜそんな必要が？　あいつに伝えることなんて何もありませんよ。あいつは僕の言うことを聞くただの人形にすぎません」

「……」

「あ、ですが、イーストン公国を出る前に、これから行くということは一応手紙で伝えてやりました」

「……それだけか？」

「えぇ、それだけですよ。だって三年前、あいつが城を離れるとき、僕はファレルに着いたら手紙を寄越すように言ったんです。そうしたら、あいつは『皆、いい人ばかりです』と脳天気な内容しか書いてこなかったんですよ？　僕はファレルの城について詳細な内容がほしかったんです。城の見取り図を要求したつもりだったのに、呆れてものも言えませんよ。あいつには内偵なんてできないとそこで悟りました。まぁ…、いざというときに命令を聞けるならそれでいいと割り切っていたのですが……。たった三年で、とんでもない役立たずに成り下がったものです」

エリオットは一気に不機嫌な顔になり、苛立った様子で息をつく。

それに対してバッシュは何も答えない。眉間に寄せた皺が多少の憤りを窺わせたが、ルイとエリオットのどちらに対してのものかはわからなかった。

――じゃあ…、ルイは本当に何も知らなかったということ？

図らずもバッシュの問いかけでそれがわかり、ステラは自分の胸を押さえた。

ルイを馬鹿にした言い方には腹が立つが、今は彼が自分たちを裏切ったわけではないと知れたことのほうが重要だった。

「――バッシュさま、ルイさまをお連れしました」

そのとき、大広間に兵士がやってきた。

いきなりのことに驚いていると、兵士は廊下を振り返って小さく頷く。

すると、他の兵士たちがぞろぞろと入ってきて、その真ん中には後ろ手に拘束された状態のルイがいた。

「ルイ…ッ！」

「……え？　ステラ…さま……？　……ッ、ステラさま……っ！」

ルイは疲弊した顔で部屋に入ってきたが、ステラに気づいて目の色を変える。

拘束されているのも忘れて駆け寄ろうとしたのか、ルイはぐっと肩を突き出すが、すぐに後ろに引っ張られて苦痛に顔を歪めた。

「ぐ…ぅ……」

「ルイッ！」

あまりに酷い扱いで見るに堪えない。

ステラはじっとしていられなくなって、自分から彼に駆け寄ろうとした。

だが、それより前にエリオットが動き出す。怒りに満ちた顔でルイの前に立つと、彼はなんの前ぶれもなく拳を振り上げた。

「きゃあっ!?」

「この役立たずが！　よくも僕に顔を見せられたものだな……っ！」

「が……っは……」

いきなり鳩尾を殴られ、ルイは前のめりになってくずおれそうになる。

エリオットはわざと急所を狙ったのだろう。その証拠に彼は続けてルイの鳩尾を殴り、

ステラは蒼白になって二人のもとへと駆け寄った。

「この裏切り者！　どうして僕の命令に従わなかった⁉　幼い頃から従ってきたのは、いずれ僕を謀るためだったのか⁉　卑怯なやつめ！　それともおまえもステラが気に入ったか！」

「ぐっ、う……、うぐ……」

「なぜ否定しない？　おまえ、本気でステラが好きなのか？　僕の一番大事なものを奪っておきながら、また奪う気でいるのか⁉　冗談じゃない、そんなことは絶対に許さない。二度目があると思うなよ⁉」

エリオットは執拗にルイの鳩尾ばかりを殴り続けていた。

そのせいで呼吸ができないのだろう。ルイは苦しげに顔を歪め、額からは次々と汗が零れ落ちていく。

このままではルイが殺されてしまう。

「やめて…、お願いやめて……ッ！」

ステラは咄嗟にエリオットの腰にしがみつく。女一人の力ではどう頑張っても力不足だったが、振り回されるような形になりながらも、必死で二人を引き離そうとした。

「僕はおまえを絶対許さない！　ここで殺してやる……ッ！」

「お願いやめて、これ以上ルイに酷いことしないで！　ルイはあなたの弟でしょう!?　どうしてこんなことができるの……っ!?」

「うるさい、邪魔をするな…ッ！」

「きゃあ…っ!?」

ルイを殴るのにステラが邪魔になったのだろう。

エリオットは大声を上げ、しがみつくステラの腕を振りほどこうとして身体を捻る。その力に逆らうことはできず、ステラは全身を床に叩きつけられてしまった。

「い…た……」

したたかに身体を床に打ち付け、ステラは痛みに喘ぐ。

だが、今は痛みに負けている場合ではない。ルイを守らなければと痛みを堪えてなんとか身を起こした。

「きさ…ま……ッ」

そのとき、絞り出すような呻きが耳に届く。

ハッとして顔を上げると、ルイが目を真っ赤にして唇を震わせていた。

怒りとも哀しみとも取れる表情。こんな彼を見るのははじめてだった。

ルイはこれ以上ないほど目を見開くと、渾身の力で左右の兵士を肩口で突き飛ばす。その拍子に拘束が解け、間髪を容れずエリオットに殴りかかった。

「よくもステラさまを……ッ！」

「う、わぁ…っ!?」

想定外の事態に、エリオットは情けない悲鳴を上げる。

しかし、一度殴っただけではルイの怒りは収まらない。

エリオットに摑みかかると、彼は勢いよく床に押し倒し、今度はのしかかった状態で殴りはじめた。

「よくも…、よくも……っ！」

「い、やめ…、やめ…っ!?」

「許さない、この方を傷つける者は誰であろうと許すものかッ！」

「ぎゃぁあ!?　ぐッ、が……ッ」

肉を打つ鈍い音。そのたびに聞こえる悲鳴。

ルイは怒りで我を忘れ、エリオットを殴り続けていた。

あまりのことに、ステラは呆然と見つめることしかできない。彼が自分のためにこんなふうに怒りをあらわにするとは夢にも思わなかった。

「お、おい…、さすがにあれは……」

「あ…あぁ……」

けれども、大広間にいるのは自分たちだけではない。

程なくして、ルイに突き飛ばされた兵士たちが動き出し、目で合図を送り合ってエリ

オットにのしかかる彼を羽交い締めにしてしまう。ルイは激しく暴れたが、他の兵士も駆け寄ってきてその動きを封じ、数人がかりでエリオットから引き離していた。

「放せ…ッ、放せ…っ！」

それでもなおルイの怒りは収まらない様子だ。

羽交い締めにされながらも、床に倒れたエリオットから目を離そうとしない。

しばらくしてエリオットがよろよろと立ち上がる。血まみれになった彼の顔を見てもルイの瞳は怒りに染まったままだった。

「……っつ…」

エリオットは口元に手を当てて、顔をしかめている。口の中を切ったのか、血で真っ赤に染まった顔は目を背けたくなるほど痛々しかった。

「なん…だよ……。なんで僕がこんな目に遭わなければならないんだ？　こんな理不尽なことってあるかよ……」

手についた自分の血を見て、エリオットはわなわなと身体を震わせていた。

しかし、一方的に殴られたかのような言い方には納得がいかない。彼は、ルイにならば何をしてもいいとでも思っていたのだろうか。身動きできないルイの鳩尾を殴った彼のほうがよほど理不尽だった。

――これが公子だなんて……。

一連の言動の幼さにステラは言葉も出ない。

やがて、エリオットはよろめきながらルイに近づいていく。兵士たちに拘束されているのをいいことに、仕返しをするつもりなのだ。

「なぁ、ルイ…、悪いのはおまえだ！　僕は何度も言った。すべての元凶はおまえなんだよ。おまえは僕に償わなければならないんだ！　僕は何度も言った。自分の罪を常に胸に刻みつけていろと言ったはずだ……ッ！　僕はおまえを一生許さない。一生かけて許しを請え……ッ！　おまえは僕の下僕なんだから……っ！」

廊下まで響くほどの大きな声。

ルイの襟首を摑んでわめき立てる内容は、耳を疑うほどの傲慢さだ。

──下僕ってなによ……。

相手は弟だろう。それを下僕とはあまりに酷い。

一生許さないほどの罪とはどういうことだ。ルイが一体何をしたというのか。

ステラが困惑していると、エリオットはルイの襟首を縦に揺すりはじめる。憎しみを込めた眼差しで、さらなる暴言を吐いたのだ。

「なんでおまえなんかが生きてるんだ？　どうして息をしてるんだよ!?　おまえが死ねばよかったのに……ッ！　この役立たず、命令が聞けないやつなんて要らないんだよ！」

エリオットは血にまみれた顔で唇を歪めて笑っていた。

「あぁそうだよ。だったら死ねばいいんだ。あの街の連中と死ねばいい！　あいつら反抗的な目で僕を見ていたからな、ああいうのは放っておくと示しがつかないんだ。ちょうどいい、おまえと一緒に皆殺し……――」

　パン…ッと部屋に乾いた音が響き、エリオットの言葉が途中で止まる。それは、我慢の限界を超えたステラが思いきり彼の頬を叩いた音だった。

「…――な……？」

　この二人の間に何があったのかは、自分にはよくわからない。

だが、その醜悪な顔も傲慢な言葉も、とても聞いていられるものではなかった。

今ここで機嫌を損ねると酷い仕打ちが待っていることは予想がつく。

だとしても、これ以上は看過できない。

いくら我慢したところで、踏みにじられるのは目に見えている。こんなふうに命を軽んじる相手から何を守れるというのだろう。

「あなたとの結婚は、お断りいたします」

「……っ!?」

「あなたのような人は、上に立つべきではありません。その資格を与えてはならない人だということが今のでよくわかりました。ですから、あなたとの結婚を受け入れるわけにはいきません」

「なん…っ、な…っ!?　き、君は何を言って……、それが何を意味するのか、わかっているのか!?」

「もちろん、わかっています。あなたは私だけでなく父の命まで奪うおつもりでしょう。

それでも、受け入れるわけにはいきません。……だって、私があなたと結婚すれば、皆はきっと我慢してしまう。私が堪えているのだからと、一緒に堪えようとしてしまう。そんな我慢を強いるわけにはいかないのです……っ！　けれど、私たちがいなくなっても、人々は歩み続けます。自分たちの未来を掴むために立ち上がる者もいるでしょう。少なくとも、そのときあなたが皆に選ばれることはありません。信用できない者についていく者などいないからです！」

　ステラはきっぱりと言い放ち、まっすぐ前を見据えた。

　場は静まり返り、エリオットは愕然とした様子で立ち尽くしていた。

　しかし、もう腹は決まっている。これが愚かな選択だとは思わない。

　ステラはレオナルドに目を移し、その顔を見つめた。道連れにしたようで申し訳ない気持ちもあったが、父は静かに頷いてくれた。

「ど…、どこまで僕を馬鹿にすれば……っ」

　しばらくしてエリオットはわなわなと身体を震わせる。

　声を上ずらせながら、ステラに詰め寄ってきた。

「ここは…、もう僕の国だ！　選ぶも選ばないもあるものか……ッ！　女のくせになんて口のきき方だ……っ、僕を馬鹿にしたことを後悔させてやる！」

「い…っ」

　エリオットは苛立ち紛れにステラの腕を掴み取る。

強い力に眉を寄せると、彼は口端をつり上げ、もう一方の手を大きく振り上げた。

ステラは叩かれるのを覚悟して息を詰める。この先、どれほどの痛みを与えられようとも命乞いはしないと心に誓った。

ところが、振り上げた手がステラを叩くことはなかった。

「え…？　父上？」

窓際にいたはずのバッシュがその腕を摑んだからだ。

「……愚か者が」

エリオットはきょとんとした顔でバッシュを見つめる。

すると次の瞬間、バッシュは怒りの形相を浮かべて、エリオットを思いきり殴り飛ばした。

「…──ッ!?」

その動きに、手加減は一切感じられなかった。

エリオットの身体は宙に浮き、その身体はすぐさま床に叩きつけられる。

もんどりうって床に転がるエリオットだが、バッシュは襟首を摑んで無理やり引き起こす。続けざまにその頬を殴りつけると、激しい怒りをあらわにしながら血まみれのエリオットを睨めつけた。

「……とんでもないことをしてくれたものだ……っ」

腹の底から絞り出したような声。

エリオットは目を見開いたまま固まっている。

ステラは呆気に取られてぽかんとしていた。

先ほどのステラの発言のほうが明らかに問題だと思うのに、なぜエリオットが殴られているのかわからなかった。

「おまえは…、自分で何をしたのかわかっているのか？」

「……は……？」

「まさか本当に城を奪って終わりと思っていないだろうな……。だとしたら、こちらの姫君のほうがよほどわかっておられるようだ。おまえは、ファレル公国に戦を仕掛けたのだ。この国の貴族や民が蜂起すれば、多くの血が流れることになる。ファレルの人々に限った話ではない。我らの民も間違いなく犠牲になるだろう。それをファレルの城を奪ったから見に来てくださいだと⁉　なんだあの手紙は？　誰がいつそんな命令をした？　誰がそんなことを望んだッ！　勝手に軍を動かした始末をどうつけるつもりだ⁉」

「……っ」

バッシュはエリオットの襟首を握り締めると、そのまま引き倒す。

床に倒された身体はゴロンと転がったが、エリオットは相変わらず何が起こったかわからないといった様子で目を瞬かせ、バッシュはそれを忌々しげに見下ろしていた。

——勝手に…、軍を動かした？

ステラは、そのすぐ後ろで絶句していた。

先ほどからエリオットの言葉の端々に違和感を覚えてはいたが、まさかこんな形で理由が明かされるとは思ってもいなかった。

周りを見ると、他の兵士たちも愕然とした様子でざわめいている。

その中の何名かは顔を強ばらせるだけだったが、おそらく彼らはバッシュに同行してきた者たちなのだろう。それでも皆青い顔をしていることから、何も知らなかった者たちの動揺は計り知れなかった。

「い……、今のはどういうことですか……？　勝手に軍を動かすなど、そんなことができるなんて……」

ステラは怒りに震えるバッシュの背中を見つめ、当然の疑問を投げかけた。

たとえ君主の子であろうとも、自由に軍を動かせる権限があるとは思えない。

もしそんな権限を与えれば、君主の意向を無視できるだけでなく、他国との戦争やクーデターを簡単に起こせてしまう。

エリオットは、少し接しただけのステラでも信頼できないと思ったほどの人間だ。

ならば、どうやって『勝手に軍を動かした』というのだろう。

バッシュ自身も彼を心から信じているわけではないように思える。

バッシュは深いため息をつき、ステラを振り返った。

「……情けない限りだ。隣国に招かれて一か月ほど城を空けている間に、こんなことになってしまった。こやつは俺がいない隙を狙って、偽の署名で軍を動かしたのだ」

「え…、偽の署名…って、バッシュさまの署名を偽造したということですか？」

「そう…、俺がファレルに軍を出すよう命じたと」

「……そんな!?」

「まさか、そんな嘘をつくとは誰も思わなかったのだろう。エリオットはこの傲慢さ故に昔から人望がなかったが、俺の言葉には素直に従ってきた。それが油断に繋がったのは確かだ。……いや、今思えばはじめから謀るつもりだったのか……。三年前、ルイをファレル公国に遣わしたのも、エリオットが互いの国の発展のために何かしたいと言い出したのがきっかけだった」

「え…っ!?」

予想外の話に、ステラは目を丸くする。

その反応に、バッシュは皮肉げに笑って頷いた。

「珍しくまともな意見に耳を傾けると、実はルイがそれに協力したいと申し出ている、架け橋となりたいと言っていると話すのでな……。これまでルイがそんなふうに主張することはなかったから意外ではあったが、決して悪い話ではなかった。手続きはすべて自分がやる、父上は安心して公務に励んでほしいと言うので、エリオットに一任してみたのだ」

「で、では……、今回の件は、はじめから何も知らずに……」

「……そういうことになるか」

「……っ」

「しかし、だからといって、知らなかったで済む問題ではない。なんの申し開きもできない話だ。もう少し到着が遅れれば、ファレル公やあなたの身をさらなる危険に晒してしまうところだった……っ。一体どう謝罪すればいいのか……、我々はこれからどう償っていけばいいのか……」

そう言うと、バッシュは眉間に皺を寄せ、胸に手を当てて深く頭を下げる。

その瞬間、兵士たちのざわめきはますます大きくなった。彼らは君主の命令と思って従っていただけなのだ。それなのに、その君主が謝罪する事態になるなど思ってもみないことだっただろう。

——なんてことなの……。

ステラは激しい憤りを感じ、エリオットを見つめた。

この男は、自分の手柄になると思ってこんなことを計画したのだろうか。

そうでなければ、バッシュが到着したと聞いてあれほど喜ぶわけがない。

前代未聞とも言うべき事態に言葉も出ない。目の前にあった死が遠ざかったことよりも、一人の嘘によって多くの人々が巻き添えになったことに、ただただ恐ろしさを感じた。

「エリオット、このたびの代償は重いものとなるだろう。我が子といえども容赦はないと覚悟せよ」

「え…っ、ち…、父上……?」

バッシュは静かな怒りを目に宿し、エリオットに視線を戻す。

厳しい口調にエリオットは慌てて立ち上がり、混乱した様子を見せている。

大広間にいる兵士たちからも冷たい視線を浴び、彼はそこでようやく自分が劣勢にあると気づいたのだろう。逃げ道を探すようにきょろきょろと辺りを見回すと、不意にルイに目を留めて叫んだ。

「ちっ、違うんです！　今回のことはすべてルイが企んだのです……ッ！」

「……なんだと？」

「実は僕、ルイにずっと脅されていたんです……っ。計画を知ってこんなことは許されないと注意したら……、これ以上の手柄はない、大人しく協力しろと言って自慢の剣で僕の喉を掻き切ろうとしたんです……ッ！　まさか小さな頃から可愛がってきた弟にそんなことをされるとは思わなかったから、僕は恐ろしくて……っ」

「……」

「ほ、本当です、僕は被害者なんです！　この計画を実行するために、ルイは三年前にファレル公国に向かったんです！　だから責められるのは僕じゃありません。罰を受けるのは僕じゃないっ！　なぁルイ、そうだろう⁉」

よくもぬけぬけとそんな嘘がつけるものだ。

つい先ほどまで『今日を記念日にしましょう』などと鼻高々に言っていたのはエリオットだ。

それなのに、劣勢だとわかった途端、責任転嫁をするなど虫がよすぎる。

ルイには今回のことは何も伝えてなかったと、彼自身がバッシュに言ったことはここにいる全員が聞いているのだ。

彼はそんなこともわからないというのか。これで切り抜けられると本気で思っているなら、そのほうがよほど恐ろしかった。

もはやエリオットの嘘に騙される者はいない。

誰よりもバッシュが許さなかった。

「こやつを連れて行け」

「は、はい……ッ！」

低い声での命令に、ルイを拘束していた兵士が動き出す。

彼らはエリオットに駆け寄ると、素早い動きで後ろ手に拘束してしまう。

なんの躊躇もなく動きを封じられ、エリオットはそのときになってようやく事の次第に気づいて暴れ出した。

「おい、やめろっ、僕を誰だと思ってるんだ！　おまえら、こんなことをしてただで済むと思うなよ……ッ！」

「そんな脅しに耳を貸す必要はない。早く連れて行け！」

「はい！」

「ち、父上…ッ！　違う、違うんです！　これは全部ルイが悪いんです！　父上、お願いだから僕の話を聞いて……っ！　いやだ、誰か助けて！　母上、母上——…ッ！」

エリオットは激しく暴れ、恥も外聞もなく泣き叫ぶ。

父に助けを求め、ここにはいない母にまで助けを求める様は異様としか言いようがない。

二人の兵士だけでは手に余り、他の兵士も協力してなんとか彼を廊下へと連れ出す。その間、エリオットはなぜかステラを見て『母上』と言っていたが、その意味がわかるわけもなかった。

そのうちにエリオットの声は廊下の向こうに消え、やがて完全に聞こえなくなる。

しばし沈黙が続いたが、程なくしてバッシュはレオナルドのほうへ歩を進めて目の前で立ち止まった。

「すまな……──」

「バッシュ、久しぶりだな」

バッシュは謝罪の言葉を口にしようとしたのだろう。

しかし、それを遮るようにレオナルドが口を開く。その眼差しは、どこか懐かしいものを見るようだった。

そういえば、二人は初対面ではないのだ。

長く続いた騒乱を収めるために、講和条約を結んだ相手なのだ。

二人は今、どんな思いで向かい合っているのだろう。

なんとも言えない気持ちにさせられる再会だが、レオナルドの表情は意外なほど柔らかい。顔を強ばらせたままのバッシュとは対照的に、力が抜けていくのが見て取れた。

「なんだ、相変わらず難しい顔をしおってからに」

「……笑えるわけがないだろう」

「まぁ、それもそうだな。今回ばかりは儂も死ぬかと思ったわ。こちらの常識が何一つ通じない相手ほど厄介なものはない。ちと悪い意味で想像を超えておった」

レオナルドは口髭を弄って苦く笑う。

それを見てバッシュは眉間に皺を寄せて目を伏せた。

「すべては俺の不徳の致すところだ。エリオットの未熟さを知りながら、ここまでの行動に出ることを予測できなかった……。これまで俺は、君主としての務めを果たすべく公務に励む一方で、子供たちのことはすべて人任せにしてきた。そのせいで、人の上に立つ者としての意識はもとより、人としての矜持すら教えられていない。……それでも、他の二人の息子はそれなりに育ってくれたが、エリオットだけはいつまで経っても変わらなかった。幼い頃から人に傅かれ、それを疑問にも思わない。なぜ皆が自分に傅くのか、知ろうともしないのだ……」

「……皆が皆、同じように成長するわけではないからな。自然と学ぶ者もいれば、そうでない者もいる。儂も人にあれこれ言えるほど、教育熱心だったわけではないが……」

レオナルドは大きく息をつき、ステラに目を向けた。

だからといって、あんなことを誰が予想できるだろう。

自分は、父からたくさんのことを学んだ。直接何かを教えてもらったわけでなくとも、気づけることはあるものだ。

　エリオットだってそうだろう。バッシュを見る眼差しに尊敬の念が込められていたのは間違いない。にもかかわらず、立場を考えた行動ができないというのは、本人の資質の問題としか思えない。小さな子供ならまだしも、彼は二十五歳にもなる大人なのだ。

　ステラが一人憤っていると、レオナルドが小さく笑った。

「ステラよ。実を言うとな、少し前にバッシュから手紙をもらっていたのだ。何かおかしなことが起こるかもしれないから警戒してほしいとな」

「えっ？」

「だから多少の警戒はしていたつもりだが、儂も平和に浸りすぎたのだろう。城に攻め込まれたのは失態と言う他ない。バッシュの二番目の息子については、もともといい噂を聞かなかったが、あそこまでルイと違うとは思わなかったのだ。……のぅ、トラヴィスよ？」

「……ッ」

　レオナルドはそこまで言うと、壁際に立ち尽くしたままのトラヴィスをじろりとひと睨みする。

　途中から完全に存在感がなくなっていたのですっかり忘れていたが、皆の視線が向けられると、トラヴィスは真っ青になって俯く。

　ぶるぶると身体を震わせているのは、恐れからか怒りからか……。

　組んだ相手が悪かったとしか言いようがないが、今さらなかったことにはできない。

レオナルドはトラヴィスから目を外すと、近場にいたイーストン公国の兵士に低く言った。

「……悪いが、この男も連れて行ってくれんか。廊下の向こうにファレルの兵士が待機しているはずだ。そこで引き渡してくれればいい。この男には、まだ聞きたいことがたっぷりあるのでな」

「は、はいっ」

兵士はびくりと肩を揺らし、急いでトラヴィスのもとへ近づく。

先ほどのエリオットの暴れようを見ていたからか、一人で大丈夫かと不安になったが、トラヴィスの気力はとうに尽きていたのだろう。兵士に腕を取られると大人しく歩き出す。項垂れて背中を丸めた様子はあまりに惨めだった。

レオナルドは唇を引き結び、深く息をつく。

長年の側近の裏切りにあったことは、かなりの痛手だったに違いない。密かに握られた拳が、行き場のない感情を表していた。

「お父さま……」

「……ん、あぁ……。話が途中だったな。どこまで話したか……、あぁ、バッシュから手紙をもらったところか」

「え、えぇ…、二番目の息子とルイが違うって……。それって、お父さまはルイの素性をはじめから知っていたということですか？」

「あぁ、知っておった。ルイが来たときは、『息子を好きなように鍛えてくれ』と手紙をもらっていたからな。まったく、いつも突然で困ったものだ」

「そう…だったのですね」

答えながら、ステラは探るようにルイを見つめた。

ルイのほうはその言葉に目を見開き、驚いている様子だ。自分だけが知らなかったわけではないとわかり、ステラは思わずほっとした。

「まぁ…、それでも、互いに多忙だったからな。手紙のやり取りをすること自体ほとんどなかった。会うのは二十年ぶりくらいになる。自分たちの子が結ばれれば…、などと話すこともあったか」

「え……」

「だから、ルイが来たときは試してやろうという気持ちもあった。他の兵士たちと戦わせたのもそのためだ。少々控え目な性格だが、まっすぐで不器用そうな眼差しをひと目で気に入ったのを覚えている」

レオナルドは懐かしそうに目を細め、静かに頷く。

人々の歓声と喝采。三年前のことはステラの記憶にも強く残っていた。

──なら、お父さまはルイをずっとそういう目で見ていたの……？

ステラは信じられない気持ちで父を見つめる。ルイも同じ気持ちでいるのか、目を見開いたまま固まっていた。

「儂は…、ルイをとても頼りにしている。ステラを城から逃がすときも、ルイだから託したのだ。今だから言えるが、どこまでやれるか見てみたいという気持ちもあった。こうして無事に再会できたことを、心より感謝している。この先も、ルイは誰よりもステラを大事にしてくれるだろう。今回のことで、儂にはそれがよくわかった。……だから…、ファレルの皆にも受け入れてもらいたいのだが……」

「レオナルド…、しかしそれは」

「だめ…か？　儂は、ずっと愉しみにしていたのだ……」

「……っ」

レオナルドの問いかけに、バッシュは言葉を返せないようだった。それは自分が決められることではないと、罪悪感に苛まれた表情が語っていた。

――本来なら嬉しいはずの話なのに……。

ステラは二人のやり取りに、胸が痛んで仕方ない。

この話をもっと前に知ることができたなら、どんなに嬉しかっただろう。

皆からも祝福されていただろうに、どうしてこんなことになってしまったのか。

今回のことをファレルの人々がどう受け止めるのかはまだわからないが、一時でも城が奪われたのは事実であり、エリオットの暴走と片付けるには問題が大きすぎる。今後はイーストン公国の君主として、バッシュがどうけじめをつけるのかにかかっているが、それで皆の感情がどう動くのかは想像もつかなかった。

「レオナルドさま…ッ、ステラさまもご無事だ……っ！」

「ルイ、おまえここまでよく頑張ったなぁ……っ」

それから少しして、大広間にファレルの兵士たちが駆け込んできた。

彼らはまだ状況を把握していないのか、レオナルドとステラが無事だとわかると涙を流して喜び、ルイにも激励の言葉を掛けている。疲弊したレオナルドを早く医者に診せなければと、自室に連れて行くのにバッシュが肩を貸していても、皆はそれが誰だかわかっていないようだった。

「ルイ、あとで話がある」

「……はい、父上」

大広間を出る間際、不意にバッシュが振り向いた。

喧騒の中で交わされた短い会話を気に留めた者はごく僅かだっただろう。

ルイはその場に佇んだまま動こうとしない。

しばらくしてステラの視線に気づいてこちらに顔を向けたが、彼はすぐに目を伏せてしまう。その思い詰めた顔を見ていると無性に切ない気持ちにさせられて、ステラは胸が軋んで仕方なかった。

第九章

――その日の夜。

ステラは久しぶりに過ごす城の自室で月明かりを眺めていた。

日中は混迷を極めた城の中も、日が暮れる頃には少しずつ落ち着きを取り戻し、夜になった今はとても静かだ。

時折、梟の鳴き声が耳に届き、それをやけに懐かしく感じてしまう。

けれども、怒濤のようにすぎた日々を思うとすぐに胸が騒ぎ出すから、慣れ親しんだ光景を目にしていても、ステラの心はざわついたままだった。

「……ルイは、どうしているのかしら……」

ルイとは大広間で別れたきり、もう何時間も会えていない。

すでにファレルの兵士たちには事の次第を伝えてある。

ルイの素性も明かされ、かなりの動揺を与えたはずだ。だからこそ、今は皆の心が整理できるまで待つべきだったが、一人でいると不安が募る一方だった。

今日までステラが前を向いてこられたのは、いつでもルイが傍にいてくれたからだ。

あんな生活がいつまでも続くわけがないとわかっていたけれど、まだしばらくは続くだろうと思っていた。

――私たち、今朝まで夫婦だったのに……。

ルイが傍にいないだけで息ができなくなりそうになる。

互いの想いをぶつけるように激しく抱き合ってから、まだ一日しか経っていないないなんてとても信じられなかった。

「……あれ…は……？」

ステラはため息をつき、窓の向こうに目を落とす。

ぼんやりとした月明かりの下に二つの影があった。

二人はいつからそこにいたのだろう。こんな時間に人がいるとは思わなかったから、下を見ていなかったが、裏庭にはルイとバッシュがいた。

「そういえば、話があるって……」

大広間での短い会話を思い出し、ステラは食い入るように二人を見つめる。

こうして見ると、二人は背格好が本当によく似ていた。

けれど、ルイのほうがやや背が高い。もともと背は高かったが、この三年間でぐんと伸びたのだ。

――何を話しているの……？

離れていた間のことだろうか。

それとも、自分の知らない思い出を話しているのだろうか。

「これからのことを、話しているのかしら……」

ステラはぽつりと呟き、カーテンをぎゅっと摑んだ。

無意識に手が震えて、心がざわざわと騒ぎ出す。

少しして、二人は城のほうへと戻っていく。

姿が見えなくなると、ステラはカーテンを放して後ろに下がる。

居ても立ってもいられなくなって部屋を飛び出し、ひたひたと廊下を進んでいく。逸る気持ちを抑えきれずに向かった先は、ルイが三年間ずっと使っていた部屋だった。

❀　❀　❀

「――ステラさま？」

ステラは自室を出たあと、ルイの部屋の前で立ち尽くしていた。

ここに戻ってくるかどうかもわからないのに、何も考えずに来てしまったからだ。

しかし、ややあって声を掛けられてステラはほっと息をつく。顔を向けると、ルイは若干動揺した様子で駆け寄ってきた。

「ど、どうしてここに……」

「ルイ……」

「こんな夜に一人で出歩いてはなりません！　城にはまだ双方の兵士が大勢いるのです。そ…、そんな薄い夜着の姿を誰かに見られたら……」

「……」

「……あ、あの…、ステラ…さま？」

ステラが黙り込むと、ルイは顔を覗き込んでくる。

不注意なのは確かだが、他に言うことはないのだろうか。

自分とは違って、ルイはいつもどおりで哀しくなってしまう。

「あなたに会いたかったの」

「え…」

「どうしても、二人きりで話をしたかったから……」

「二人きりとは……、今…ですか……？」

「そうよ」

「……明日では難しいのでしょうか」

「だめ。すごく大事な話だもの。だからルイの部屋まで来たのよ」

「……っ」

ルイは途端に顔色を変えて後ずさる。

辺りに人の気配などありはしなかったが、きょろきょろと廊下を見回してからステラに向き直った。

「こ…、ここでお話をするというのはどうですか……？」

「大事な話を廊下でするというの？　私…、ずっと待っていたから身体が冷えてしまって、風邪をひきそうだわ……」

「そッ、それはいけません。早く部屋にお入りくださいっ！」

「ありがとう」

ステラがぶるっと肩を震わせると、ルイは慌てて扉を開けた。

ここに来たのはほんの少し前だったが、彼は疑ってもいないようだ。ステラを部屋に入れると素早く燭台(しょくだい)の蝋燭(ろうそく)に火をつけ、自分の上衣を脱いで肩にかけてくれた。

──私、なんて強引なことを……。

さっと椅子を用意されて、ステラは後ろめたい気持ちで腰かける。

部屋に入れてもらいたいあまりに嘘をついてしまった。

けれど、こうでもしないと今は二人きりになれそうにない。

ルイはもう従者ではないのだ。明日にでもいなくなってしまうのではと思うと気が気でなかった。

「……さっき、裏庭にいたでしょう。部屋から見えたわ」

「はい、父と少し話をしていました」

「ど、どんなお話をしていたの……？」

「どんな、ですか？　確か…、元気だったかとか…、そのようなことを聞かれた気がします」

「それだけ？」

「それと…、ステラさまが、私の母に少し似ていると……」

「ルイのお母さまに？」

「……そう言っていました。どうやら、ステラさまの母上と私の母は従姉妹にあたるようですね。帝国時代は力のある諸侯が寝返ることのないようにと、皇帝と血縁関係のある娘を嫁がせるのは珍しくなかったとか」

「あ…、言われてみれば、そういう話を聞いたことがあるわ。お父さまがお母さまと結婚する頃は、ほとんど帝国が崩壊しかけていたけれど、政略結婚とはいえ互いに気持ちは通じ合っていたから迷いはなかったって……」

「……そうでしたか」

ルイはやや間を空けて頷く。

それを聞き、今までのことが少し繋がった気がしてステラは顔を引きつらせた。

「え…？　な、なら…、あの人…、エリオット…さまが私を母上と呼んでいたのは、お母さまと似ていたからなの？」

「兄上がステラさまをそう呼んだのですか？」

「えぇ…、城が襲われて部屋に連れ込まれたときと、城に連れ戻される間もずっと……。それから、さっき大広間から連れ出されるときも……」

「あれはステラさまに……。そう…だったのですね……」

「……ルイは似てると思わなかったの？」

「……私は…、何も……」

「そう…」

なんだかすごく曖昧な返事だ。

バッシュも、おそらくエリオットもステラを見て同じ女性を思い浮かべていたのに、ルイは本当に何も思わなかったのだろうか。今の受け答えには少々違和感を覚えた。

とはいえ、ルイにまで『母上』などと呼ばれたくはない。

エリオットに呼ばれたときのことを思い出してステラはぶるっと身を震わせ、慌てて話を戻した。

「ほ、他には…？」

「え？」

「その…、お父さまとどんな話をしたのかと……」

詮索しているようで変に思われそうだが、やはりどうしても気になってしまう。

少しだけ食い下がってみると、ルイは眉を寄せて天井を見上げた。難しい顔で考えを巡らせていたが、小さく息をついて思わぬことを言った。

「すみません。その…、父とまともに話をしたのははじめてで……、緊張していたからか、すぐには思い出せないのです」

「え…、まともにって、ルイのお父さまでしょう？」

「おかしなことでしょうか？」

「それはだって……」

「あぁ…、ステラさまはレオナルドさまとよく話をされているので、不思議に思うのかもしれませんね。ですが、私にとって父はとても遠い存在で……、これまでイーストン公国の君主としての顔しか見たことがなかったのです」

「そうだったの……？」

「ですから、三年前、はじめてここに来たときは別世界に迷い込んだ気分でした。レオナルドさまは人との距離が近いと言うか……、初対面の私にも笑いかけてくださって、なんておおらかな方だと……。けれど、そういった明るさは周りにも伝わるものなのでしょう。城を歩けば、愉しげな笑い声が毎日そこかしこから聞こえてきます。私のことも、皆はすぐに仲間として受け入れてくれました。その中で、ステラさまは将来を嘱望(しょくぼう)される存在として、誰よりもまっすぐに前を向いておられました」

「ルイ……」

あまりの褒められように、ステラは思わず顔を赤らめる。

彼がそんなふうに自分たちを見ていたなんて考えもしなかった。

けれど、自分たちにとって当たり前の光景がルイにとってはそうではなかったと知り、同時に切なさも募る。

彼はそれまでどんなふうに生きてきたのだろう。エリオットの歪な笑いが頭を過り、ステラは肩にかけてもらった上衣を握り締めた。

「エリオット…さまは、いつからあんなふうにルイを虐げてきたの？」

「虐げて？」

「違う？　彼は、ルイには何をしてもいいと思っているようだったから」

「……あぁ…、それは、私が悪いので仕方ありません」

「どういうこと？」

まさかエリオットを肯定するとは思わず、ステラは耳を疑った。

悪いことをしたからといって、何をしてもいいわけがない。どんなことをすればそんな傲慢な考えが許されるというのか。ステラの知るルイは悪いことができる人ではなかったから、余計に想像がつかなかった。

「私のせいで母が…、亡くなったのです」

「え…？」

「……満月の夜になると、決まって兄…エリオットは私の部屋に来て泣いていました。母は綺麗で優しくて、誰からも愛される女性だった。おまえは僕の一番大事なものを奪った、皆を哀しみの底に突き落としたのだと……。私は、満月の夜に生まれました。母は…、私を産んだ日に亡くなったのです。その日から、父も二人の兄も、皆が哀しみの海に沈みました。私のせいで、皆の関係がおかしくなってしまったのです。だから、私は罰を受けなければなりませんでした。それでも、一生許されることはありません。私は生まれてきてはいけなかった人間なのです」

「ちょっ、ちょっと待って！　な、なんだか話がよく……、それが何をしてもいい理由だというの？」

「他に理由が必要でしょうか？」

「……そんな」

不思議そうに聞かれて、ステラは絶句した。

彼は、どうしてそれを当然のように受け入れているのだろう。

それがどれほど理不尽なことかわからないのだろうか。

自分も幼い頃に母を亡くしたから、その哀しみはわかるつもりだ。

けれど、それを誰かのせいにするのはおかしいだろう。ルイのせいではないと皆もわかっていたはずだ。

罰を受けなければならないなんてあまりにも不条理だ。

「じゃあ…、ルイはお母さまが亡くなったことを、ずっと皆に責められてきたの？」

「……皆？　いえ、責めるのはエリオットだけです」

「えっ」

「けれど、他の皆も同じ気持ちでしょう。皆、私を憎んでいると、エリオットはそう言っていました。だから私は、エリオットの命令ならどんなことでも従いました。死にそうな目にも何度か遭いましたが、私はしぶといようで死ぬことはありませんでした……。ファレル公国に来たのも、エリオットの命令です。なんのために来たのかは、特に考えませんでした。ここに来てしばらく経ってから、厄介払いされたのだろうと頭の片隅で思っただけでした。あのときの私に、戻れる場所はありませんでした。しかし、ファレルの城に行けと命令されても右も左もわかりません。ですから、下働きでもなんでもするつもりで門を叩きました。ところが、よくわからないうちにファレルの兵士と戦うことになって……、気づいたときにはステラさまの従者になっていました」

　ルイはそこまで話すと窓のほうに目を向けた。

　夜空に浮かぶ丸い月。しかし、僅かに欠けているので満月ではない。

　ステラはその横顔を見ているうちに、自分たちがはじめて会った夜のことを思い出す。

　確か、あの夜は満月だった。裏庭でぽつんと月を見上げる姿を見て、ステラは彼が泣いていると思ったのだ。

「ステラさま、はじめて会った夜のことを覚えていますか？」

「え？　え、えぇ…、もちろんよ」

「……私にとって、あの夜はかけがえのない宝です。あなたは私にファレルの未来を語ってくださいました。『私はこのファレル公国をもっと豊かにして、皆が笑顔でいられる場所にしたい。ここで生まれてよかったと思ってもらいたい。そのための努力ならいくらでもするわ。私はファレル公国が大好きだから』。そう語るあなたは他のどんなものよりもキラキラと美しく輝いていました。一言一句、忘れたことはありません。力を貸してほしいと言われ、心が震えました。あれほどの幸せを感じたことはありません。私はあの瞬間に、この人を一生お守りしよう、この身を捧げようと心に誓ったのです。……あの夜は満月でしたが、私ははじめて月を綺麗だと思いました。あのときから、月を見るのが嫌いではなくなったのです。もうずっと、ステラさまの傍にいるだけで私は夢の中にいるような幸福に包まれていました」

そう言うと、ルイは潤んだ目でステラを見つめる。

染み入るような優しい声で、これ以上ないほどの想いを打ち明けてくれていた。

――ルイがそんなふうに思ってくれていたなんて……。

あの夜、ステラはルイが泣いていると思って慌てて裏庭に向かった。

それはすぐに勘違いだとわかったけれど、話しているうちに彼が少し内気な性格だと気づき、ならば自分から歩み寄ろうと思って未来の展望を語ったのだ。

その日はじめて会った彼に、よくあんな話ができたものだと思う。

けれど、ルイに言うのは恥ずかしくなかった。漠然と、彼は真剣に耳を傾けてくれると思ったからだ。

あのときの潤んだ目が、今のルイと重なっていく。泣きそうな顔で満月を見上げていたことを覚えている。

彼は『これは…、夢だろうか』と呟いていた。

「それなのに…、三年も経ってから、私は現実を突きつけられました。エリオットから手紙が来たのです。そこには、これからファレル公国に行くと書かれてありました。私は…、エリオットがステラさまに結婚を申し込むために来るものと思って動揺しました。三年もここで過ごしていれば、あなたの結婚相手にどんな候補が挙がっているか耳にする機会はいくらでもありました。エリオットが来て、ステラさまにもう要らないと言われたらと想像しただけで胸が苦しくて、消えてなくなってしまいたかった……」

「……ルイ……っ」

切々と口にする想いに、目の前が涙で滲んでいく。

――やっぱり、ルイと離れるなんてできないわ……。

こんな話を聞いて、どうして諦められるだろう。別れの言葉のように想いを打ち明けられて、それで終わりになどできるわけがない。

ステラは我慢できずに立ち上がり、彼の胸に思いきり飛び込んだ。

「だったら、ずっと傍にいて！」

「……っ」

「私には、あなたが必要よ。要らないなんて言うわけないじゃない……っ！　だから、ここからいなくならないで。ずっと私の傍にいると言って……っ！　お父さまだって愉しみにしていたと言っていたわ。あなただって私が好きだと言ってくれた！　だったら何も問題はないわ！　だって、ルイは何も悪くないもの。あなたはいつでも私たちの味方だった！　城を攻められたときだって、エリオットの命令を無視してお父さまを守ってくれた。エリオットに襲われた私を助け出して、一緒に逃げてくれたわ！　そんなの、皆だって知ってることよ。山小屋でも港の街でも、ルイはいつだって必死で私を守ってくれた。それなのに、誰があなたを疑うの⁉　ルイはもうファレルの人だって、誰もが言うはずよ……ッ！」

「ステラさま……」

「こんな想いを残していなくなるなんて絶対に許さない！　私のこと何度も…、だ、抱いたくせに…、他の誰にも渡したくないって言ったくせに……ッ！　それを今さらなかったことになんてさせないわ……っ！」

「……ッ」

そう言うと、ステラはルイの腰にしがみつく。

彼は途端に顔色を変え、動揺した様子で後ずさった。

しかし、ステラはしがみついているので一緒にくっついていくだけだ。

何がなんでも放さないという気持ちだったから、ルイが後ろに下がっていってもしがみつく手に力が入るばかりだった。

「ステラさ……——あ…っ!?」

その直後、ルイの身体がぐらりと後ろに傾く。

何も考えずにどんどん下がっていくから足に物が当たってしまったのだ。

この部屋には物があまりない。

小さなテーブルに椅子が二脚、クローゼットとベッドだけだ。

後ずさった結果、ルイはベッドに倒れそうになっていた。

それを後押しするようにステラがわざと体重をかけると、彼の身体はさらに傾く。ルイはなんとかその場で踏ん張ろうとしていたが、重力に逆らうことはできず、ついには後ろに倒れ込んでしまった。

「……う…」

まるで彼をベッドに押し倒したような気分だった。

ややあって、掠れた呻きが耳元に響き、ステラは僅かに身を起こす。

ルイはステラの下敷きになってベッドに横たわっていたが、間近で目が合った途端、ゴクッと唾を飲んで固まってしまう。

「ルイ、あなたが好きよ」

「……ステラ…さま」

「今日はずっと寂しかった……。私たち、城を出てからこんなに長く離れたことはなかったもの。もう一日だって離れられそうにないわ。ルイが傍にいないだけで、どうにかなりそうだった」

「……っ」

声を震わせて訴えると、ステラは自ら彼に口づける。

そのまま角度を変えて何度も唇を重ね、彼の頬をそっと撫でた。

すると、次第にルイの呼吸が荒くなってステラの口に舌を差し込んでくる。くぐもった声を漏らすと、ステラの小さな舌は彼の熱い舌にいきなり搦め捕られた。

「ん、んんぅ…、ん、ルイ……」

激しい口づけで、上手に息ができない。

それでも、離れたいとは少しも思わなかった。

ルイの瞳はステラを捕らえたままだ。

ステラもまた、ルイから目を逸らさなかった。

夢中で口づけを交わしているうちに彼の呼吸はさらに乱れ、服越しでもわかるほど体温が上昇していく。

背に回された手が異様に熱い。

弄るように腰を撫でられ、ステラはビクビクと身体を震わせた。

「あ…、ん…、っはぁ……」

甘い声を上げると、ルイの腕に力がこもってぐっと引き寄せられる。

もう我慢できないといった様子で彼はステラをベッドに組み敷き、夢中で首筋や鎖骨に口づけてきた。

「ステラさま、愛しています……」

「…あ…ぁ……」

「愛しています、あなたを愛しています……っ」

「あぁ……っ」

掠れた囁きに、身体の奥まで蕩けそうになる。

彼の愛撫にステラは身悶え、甘い喘ぎを上げ続けた。

ところが、ルイはそこで動きを止め、ステラをじっと見つめる。潤んだ瞳の奥ではまだ躊躇いが見え隠れしていた。

「けれど…、あなたは本当にそれでいいのですか？　私などを選んでいいのですか……？　私は、イーストン公国の人間です。エリオットの弟です。世間はそういう目で私を見るでしょう。私のせいで、あなたは皆から白い目で見られるかもしれません。傍にいるだけで、嫌な思いをするかもしれません。それでも…——」

「それでもいい。何年かかっても、皆はきっといつかわかってくれるわ……っ」

「……ッ」

「だから、もう二度と離れないで。誰がなんと言おうと、ルイは私の傍にいて！」

後悔などするわけがない。今この手を放したほうが後悔するだろう。

自分はルイが思うほど立派ではない。わがままを言っているのがわかっていても、彼だけは手放したくなかった。

「……ステラ…さま……っ」

ステラは決して離れまいと彼に強くしがみつく。

止めどなく零れる涙を、ルイは自分の唇で拭ってくれていた。

見つめ合い、重ねるだけの口づけを何度も繰り返す。

やがてルイは身を起こし、潤んだ瞳でステラを見つめる。しばし無言の時が流れたが、彼は深く息をつくと、掠れた声で静かに答えた。

「……誓います」

「ルイ……」

「あなたがそう望むのなら傍にいます。一生、ステラさまの傍にいます。誰がなんと言おうと決して離れません……っ」

「あ、あぁ…っ」

ルイは息を震わせ、ステラを掻き抱く。

その力強さに目眩を感じていると、彼の呼吸はますます乱れ、首筋にきつく口づけをされる。ステラの肌に舌を這わせながら、性急な仕草でネグリジェの裾を捲り上げてきた。

「んんっ、は…、あ……」

いきなり肌が空気に晒されて、身を捩ると熱い手で乳房に触れられる。

僅かな戸惑いを感じながらもステラは甘い声を上げ、円を描くように胸を揉みしだく手に声を震わせた。

「……あなたは、どこもかしこも本当に美しい……」

ルイは胸の蕾に息をかけると、舌先で舐りはじめる。

甘い刺激ですぐに蕾は硬く尖り、ステラの身体は見る間に熱を孕んでいく。

その間、乳房を弄っていた手は徐々にお腹の辺りまで移動して、おへその窪みを何度か突いてからドロワーズの紐を引っ張られた。

その動きに迷いは感じられない。

ステラは恥じらいを捨てて自ら腰を浮かせる。

すると、ドロワーズの裾を摑まれて、少しずつ脱がされていく。お尻を抜け、膝を抜けたあとは足首まで一気に脱がされた。ステラが腰を浮かせていたから、何一つ彼が手間取ることはなかった。

ルイは脱がしたドロワーズを置くと、ステラの内股を撫でながら少しずつ両脚を広げさせる。濡れそぼった中心を食い入るように見つめ、敏感な突起を指先で軽く突いた。

「ん…っ」

「いつから、こんなに濡らしていたのですか？」

「……そんなの…、わからないわ」

「どんどん溢れてきます。ココを少し擦っただけで中心がひくついて……。私の指…、簡単にステラさまのナカに入ってしまいます……」

「んんっ、そんな、いきな…り……、あぁぅ……っ」

ルイは何度か突起を擦っただけで、ステラの中心に指を二本入れてくる。

しかし、いきなりにもかかわらず彼の言うとおり簡単に入ってしまい、指を動かすたびに、ぐちゅぐちゅといやらしい水音が部屋に響く。

音を聞くだけで、自分がどれだけ濡れていたかがわかるほどだった。

ステラはそれだけで昨夜の快感を思い出して、羞恥を覚えながらもさらに蜜を溢れさせてしまう。

「ひ…、ひあぁっ!?」

やがて、ルイは中心を指で掻き回しながら、舌先で敏感な芽をそっと突く。

溢れた蜜まで舐め取られ、ステラは全身をびくつかせて甲高い嬌声を上げた。

いきなりのことに、ステラは顔を真っ赤にして足をばたつかせたが、彼はやめてはくれなかった。

「や、そんなとこ……ッ！　あぁあ……ッ、ひああ…っ!?」

秘部に舌を這わすルイの目は淫らに濡れていて、その興奮が伝わってくるようだ。

指を出し入れしながら、うっとりとした様子で柔らかな襞に口づけてくる。そのうちに指と一緒に舌も中心に差し込まれ、反対の指には陰核を擦られた。

「ひぁっ、あぁっ、や…、やあっ、そんなにしたら……っ」

一気に押し寄せる快感にがくがくと全身を震わせ、ステラは首を横に振った。

それを見てルイはさらに指の動きを速め、溢れる蜜を舌で舐め取っていく。

こんなふうに刺激されては一溜まりもない。

すぐにでも達しそうになって、ステラは快感を逃がそうと腰を浮かせたが、わざと弱いところばかりを擦られてさらなる刺激を与えられてしまう。

「だめ、だめ……っ、あっあっ、あぁ、あぁああぁ……ッ！」

ステラは背を反らしてシーツを掴み、ルイの指を強く締め付けた。

目の前が白んでいく中、お腹の奥が切なく疼いて内壁が痙攣しはじめる。

一気に絶頂の波に突き上げられ、喉をひくつかせると、一瞬のうちに高みへと押し上げられていった。

「あぁ、ああっ、あぁああ――…ッ」

ステラはぽろぽろと涙を零して激しく喘ぐ。

内壁が断続的に痙攣し、中心から大量の蜜が溢れ出すと、ルイはそのすべてを舐め尽くしていく。中心を擦り上げる指はなかなか動きを止めず、ステラの意識は遠のきかけたが、彼は絶頂の余韻で蠢く内壁の感触をひとしきり確かめたあと、ようやく動きを止めて指を引き抜いた。

「あ…、あっぁ、…ん……」

「このまま…、抱いてもいいですか……？」

耳元で囁かれ、ぶるっと背筋が震える。

なんて淫らな声だろう。ルイがこんな声を出すなんて知らなかった。

達したばかりでどこもかしこも敏感になりすぎて、息がかかっただけで喘ぎ声を上げてしまう。

ねだるように濡れたルイの瞳。

それを見ただけでステラの胸は高鳴り、誘導されるようにコクンと頷く。

すると、涙で濡れた頬に口づけられ、彼はそこで自分のシャツを脱ぎ去った。

あらわになった上半身は彫刻のように均整が取れていて、見とれてしまうほど逞しい。

ステラが釘付けになっていると、その間に彼は下衣を寛げて、張り詰めた怒張を解放する。すぐさま細い脚を大きく開かせ、濡れそぼった中心に先端を押し当てながらステラにのしかかった。

「あぁ…、んぅ…」

「ステラさま…、好きです……」

「んん、あ…、ルイ……っ」

ぐっと腰に力が込められ、徐々に中心が押し開かれていく。

その間、ルイはステラだけを見つめ、囁き続けた。

「あなたは、私のすべてです……」

「あ…、んんぅ」

「もう二度と……、あなたを傷つけさせません。あなたは私が守る。あなたに手を出す者には容赦などしない。汚れた手で、この美しい身体に触れさせやしない……っ」

情欲に濡れた瞳の奥で見え隠れする鋭い光。

ステラは息を呑み、彼の眼差しに釘付けになる。

それがエリオットに向けられた怒りだということは、言われずともわかった。

大広間で彼に突き飛ばされてステラが床に倒れ込んだとき、ルイが激しく怒り狂ったことを思い出したからだ。

あのときのルイの怒りは尋常ではなかった。

しかし、それを恐ろしいとは思わなかった。

あれほどまでに感情を乱して想われていることに、ステラは密かに胸を熱くしていたのだ。

「あ…、ん……、ル…イ…」

「ステラさま…、愛しています……」

柔らかな腕。なだらかな肩。豊満な乳房に細い腰。

ルイは肩で息をしながら、ステラの肌を淫らな手つきで撫でていく。

見つめる眼差しからは、ほの暗い独占欲を感じた。これは自分のものだ。他の誰にも触れさせないと言われているようだった。

「っは…あ、あぁ……あ」

触れられた場所はビクビクと震え、その間も熱い塊に内壁を擦られる。狂おしい感触に甘い吐息を漏らすと、ステラは無意識に彼を締め付けた。

ルイは苦しげに眉を寄せ、掠れた呻きを上げて腰を突き上げる。先端で秘肉を解し、柔らかく締め付ける感触を味わってから最奥まで貫いたのだった。

「あぁあー……ッ！」

「ステラ…さま……ッ！」

「ん…っ、あぁっ、ひっ、あっあっ、あっあぁ…ッ！」

それからすぐに激しい抽送がはじまり、ステラは身を捩って喉を反らす。

ルイはそれを逃がすまいとさらにステラの脚を大きく広げ、淫らにひくつく中心に自身を突き立ててくる。

ひと突きごとに肌がぶつかり、いやらしい水音が響く。

羞恥に身悶えると、彼は乳房に吸い付き、硬く主張した頂を舌で嬲る。

それだけの刺激でびくびくと全身が震え、狂おしいほどの抽送でお腹の奥が切なく震えてしまう。

彼の黒髪に触ると、絹のような手触りが心地よくて、ステラは無意識に腰を揺らして彼を締め付ける。そうすると、ルイは激しく息を乱し、内壁を掻き回しながらステラを抱き起こす。気づけばルイの膝の上で全身を揺さぶられ、ステラは快感を追うように彼の首にしがみついた。

「あっ、ああ…ッ、あっあっあぁ、あ…ぁあっ！」

「一生、あなたを放さない……っ」

「ひぁあぁ…ッ、ああ…っ、あぁ、あっああ」

「このまま…、独り占めしてしまいたい。いっそ、あなたを閉じ込めてしまえたらどんなにいいか……っ」

「あぁっ、ルイ…、ルイ……ッ」

「ステラさま…ッ！」

濡れた瞳でステラを見つめ、彼は苦しそうに息をつく。

執拗なほど最奥を突き上げられ、きつく抱き締められる。

ステラはその強い感情に目眩を覚え、熱い吐息を漏らす。律動に合わせて一層彼を締め付けると、快感がさらに募ってお腹の奥がわななないた。

「あっあ、あぁあ…ッ、ん、んぅ…、ふ、んんぅ……っ」

嬌声を上げながら喉を反らすと、彼はそれを追いかけて唇にかぶりついてくる。舌を絡めて奥まで貪られ、膝裏に腕を回して互いの身体を密着させながらベッドが軋むほど激しく揺さぶられた。

息が苦しいけれど、放したくない。

彼にならば、閉じ込められても構わない。

熱で浮かされた頭でそんなことを考えていると、内股がぶるぶると震え出し、再び襲い

来る絶頂の予感に打ち震えた。

「ルイ、ルイ…ッ、もう…だめ…、もうだめ……っ」

「ステラさま、このまま一緒に……ッ！」

「あぁっ、ルイ、ルイ……ッ！」

もう何も考えられない。

頭の中がドロドロに溶けてしまいそうだった。

激しく揺さぶられながら口づけを交わし、途切れそうな意識の中でルイにしがみつくと、最奥に留めた熱でさらに突き上げられた。

瞬間、つま先にくっと力が入って、ステラはがくんと身体を波打たせる。

先ほどとは比べられないほどの快感に襲われ、その波に逆らうことなく絶頂に身を投じた。

「あああっ、あぁ、あ、ああ、あぁあ――…ッ」

ステラは全身を波打たせながら、悲鳴に似た嬌声を上げる。

内壁が断続的に痙攣して、そのたびに下腹部がひくついていた。

その間も、ルイはステラを執拗なまでに突き上げていたが、淫らに蠢く内壁の刺激ですぐに限界へと追い込まれたようだった。

「…――っく」

低い呻きを上げると、彼は身を固くして背筋をわななかせる。

間を空けて大量の精が最奥に放たれ、その熱でステラの内壁は満たされていく。

小刻みな抽送はそれから数秒ほど続いたが、少しして彼はステラの首元に顔を埋めて動きを止めた。二人はきつく抱き締め合ったまま絶頂を迎え、乱れた息づかいが部屋に響くだけとなった。

「……あ、…っは、……ぁ、……は…、ぁ……」

ステラは肩で息をしながら、窓の向こうを見つめた。

優しい月の光に自然と涙が溢れ、目の前が滲んで頬に零れ落ちていく。

こんなにルイを近くに感じたのははじめてだ。

抱き締め合っているだけで、互いの鼓動が聞こえてくる。

首にかかる苦しげな息さえも愛しくて仕方なかった。

「……あ…、すみません。苦しかったですか？」

やがてルイのほうは息が整い、ハッとした様子で腕の力を緩める。

「いいの。そのままでいて……っ」

彼はすぐに繋がりを解こうとしていたが、ステラのほうはまだ離れたくなくて咄嗟にそれを引き留めた。

「ですが……」

「いいの…、もう少しだけ。まだこのままでいて……」

そう言うと、ステラはルイの肩口に頬を寄せる。

彼はしばし動かずにいたが、ステラの背に腕を回すと、あぐらをかいて抱き締めてくる。

互いの身体が一つになった感覚になり、二人の距離がもっと近づいたようで心の奥まで満たされるのを感じた。

「……ねぇ、ルイ」

「はい」

しばらくして、ステラは静かな気持ちで口を開く。

顔を上げ、まっすぐ自分を見つめる彼にそっと囁いた。

「私、思ったのだけど……。あなたのお父さまは、ずっとルイのことを気にかけていたのではないかしら」

「……父上が…、私をですか？」

「だって、ルイがここに来る前、私のお父さまに手紙を送っていたと言っていたでしょう？『息子を好きなように鍛えてくれ』って……。それって、どう考えても父親としての行動だわ。ルイをお願いしますっていう挨拶よ。……きっと、あなたのお父さまは直接声を掛けるような人ではないだけで、密かにルイが心配だったのね。そうでなければ、手紙なんて出すわけがないもの」

ルイの母が亡くなったのは哀しいことだとステラも思う。

しかし、それは決してルイのせいなどではない。

ほとんどの者がそう思っているはずだ。

エリオットがルイをファレル公国に行かせたことについて、バッシュが目を瞑っていたのは、おそらくルイとステラが上手くいけばという考えがあったからだろう。そこには国益のために二つの公国をより強く結びつけたいという思惑と、古い友人であるレオナルドとの約束を果たしたい想いがあったからで、城を奪うためなどではなかったはずだ。

亡くなった母にこだわっていたのは、エリオットだけなのだろう。

それさえ薄っぺらく感じてしまうのは、ルイを『下僕』と発言したからに他ならない。

エリオットは自分の思いどおりになる玩具がほしかっただけだ。そのために母の死を利用しただけではないのかとステラには思えてならなかった。

「……父上は…、私を嫌っていたのでは……」

やがて、ルイはぽつりと呟く。

切ない問いかけに胸が痛くなり、ステラは堪らず彼を抱き締めた。

「そんなことは絶対にないわ……っ！　見ていればわかる。あなたのお父さまは、そんなふうに思う人ではないわ！」

「ステラさま……」

あなたは嫌われてなどいない。そんなことはあり得ない。

ステラは言い聞かせるように何度も囁く。

少しして、ルイは呆然とした様子で天井を見上げた。

ずっと呵責（かしゃく）の念に苛まれてきたのだろう。いきなり言われても、彼はすぐには呑み込めないようだった。

けれど、ステラが何度も囁くうちに、少しは伝わったのかもしれない。

しばらくすると、その瞳から今にも涙が零れ落ちそうになって、ステラは抱き締める手をなかなか放せなかった——。

終章

――一か月半後。

忙しく部屋を歩き回る侍女の靴音。

天蓋の布から漏れる朝の光。

慣れ親しんだ光景が、一日のはじまりを教えてくれていた。

「――…さま、ステラさま。そろそろ起きる時間でございますよ」

「ん…、う…ん」

「ステラさま、起きてくださいな」

優しい侍女の声。抱き締めたくなるほど愛しい日常。

少し前から微睡(まどろ)みから抜け出していたステラは、ゆっくり目を開ける。

僅かに開いた天蓋の布の隙間からは、着替えの準備に勤しむ侍女の後ろ姿が見えていた。

「……おはよう、ニーナ」

「おはようございます、ステラさま」

ステラはベッドから身を起こして、侍女のニーナに挨拶をする。

そろそろ夏本番ということもあって、最近は朝でもそれなりに気温が高い。

毛布からふくらはぎまで出ているのに気づいて、さり気なく脚をしまうと、ニーナが青いドレスを手に近づいてきた。

「まだ少し眠そうですね。着替えが終わったら目覚めの紅茶を淹れましょう」

「いつもありがとう」

「こんなことでお礼なんていりませんよ」

「いいの、私が言いたいだけだから」

「ふふっ、では着替えましょうね」

ニーナの柔らかな微笑みに、ステラもつられて笑顔になる。

慣れた手つきでドレスに着替えさせると、彼女は胸元のレースを指先で整えていく。僅かな乱れを直すと満足げに頷き、今度はステラを椅子に座らせて丁寧に櫛で髪を梳いていった。

――こうしていると何もなかったみたいだわ。

ステラはそのふっくらとした手を見て、また笑みを零す。

ニーナは何事もなかったかのように振る舞っているが、突然城が襲われるという前代未聞の出来事からまだ二か月しか経っていない。こんなふうに日常を送れるようになったのは、一週間ほど前からだった。

何せ、あの騒ぎのせいで、一時は使用人も散り散りになっていたのだ。

騒動が収束に向かいはじめた頃には城に戻ってくる者が増えたものの、混乱が収まるまでには一か月近くかかってしまった。そのせいか、幼い頃から繰り返されてきたニーナとのやり取りに無性にほっとしてしまう自分がいた。

「ステラさま、私がいない間、さぞご不便な思いをされたことでしょう。一刻も早く城に戻りたかったのですけれど、ファレルの兵士にまだ戻ってはいけないと止められて……」

「それは仕方ないことだわ。向こうの兵士がしばらく城に留まっていたんだもの。私は、あなたが戻ってきてくれただけで充分よ」

「そう言っていただけると……っ。あの混乱の中、兵士たちに外に出るよう指示されて従ったものの、ステラさまが心配でなりませんでした。レオナルドさまの安否も一週間以上わからないままでしたし……」

ニーナはステラの髪を梳かしながら、滲んだ涙を手で拭う。

彼女だって怖かっただろうに、ずっと心配してくれていたことにステラまで涙が出そうになる。

これはあとで聞いた話だが、城が襲われた混乱のさなか、一部のファレルの兵士は咄嗟の機転で使用人を外に連れ出し、安全な場所に匿(かくま)っていたらしいのだ。その中にはニーナもいたが、驚くべきはあの状況の中でほとんど怪我人を出していないことだった。

それは間違いなく、賢明な判断をした者たちの働きがあったからだろう。

ニーナが城に戻ったのは、イーストン公国の兵士たちの大半が退却し、彼らの君主であるバッシュがファレルの人々に謝罪の声明を出したあとのことだ。

当然ながら、それでファレルの人々の溜飲が下がったわけではない。

たった一人の暴挙をなぜ止められなかったのか、これまで築いた友好関係は戻らないと憤慨する者もいたが、ファレルの中にも裏切り者がおり、それがレオナルドの側近トラヴィスだと伝えられると皆の反応は一変した。

トラヴィスは、長年レオナルドに仕えてきた男だ。

これまで悪い噂もなかったために、誰もが信じられない思いだった。

彼は、ファレルの城が落ちてイーストン公国のものになった暁にはこの地の施政を任せたいというエリオットの甘言にのせられ、多くの兵士を領地に入れる協力をしていた。それを滞りなく行うために一部のファレルの兵士を脅迫し、家族や恋人など大切な人を人質に取って裏切りの強要までしていたのだ。

それが伝えられると、人々の怒りの矛先は一気にトラヴィスへと向かった。

ちなみに、裏切りの強要をされた兵士の中にはマークもいた。

彼は面倒見のいい青年で、ルイのことも弟のように可愛がっていた。それをトラヴィスも知っていたのが命取りとなったのだろう。

それでも彼は最後まで抵抗していたそうだが、家族を人質に取られてはどうしようもなかった。

マークをはじめ、今も気に病んで立ち直れずにいる者はかなりいるという話だ。

そういった者たちも、今回の件の犠牲者であることは間違いなかった。

トラヴィスについては厳罰を以て償わせるのが当然だが、裏切りを強要された者には情状酌量の余地があって然るべきだ。そういった同情的な声はとても多く、レオナルドもそれは充分理解しているので、彼らは最低限の罪に留められることになるだろう。

エリオットについても、すでに処分が決まっていた。

イーストン公国に戻されたあとは、二度と出られぬ小島の牢獄に幽閉されるそうだ。

彼はイーストン公国では不出来な公子と揶揄されるほどで、その傲慢な態度に不満を持つ者は以前から多かったという。それでもバッシュに対しては幼い頃より尊敬の念を抱き、従順だったためになんとか許されていた部分があったが、今回の暴走を大目に見ることはできなかった。

かつての敵が、友好関係を築くというのはそう簡単なことではない。

均衡を崩せば厄介な問題も持ち上がる。

争いが起これば、いずれは第三国からの介入もあるだろう。

そうなれば、さらなる争いがはじまるのは目に見えていた。その覚悟も想像力もない者が、己の欲だけで動いていい話ではなかったのだ。

エリオットは『父上に褒めてもらいたかった』『兄上より僕のほうが跡継ぎに相応しい』

『この城は僕のものだ。ステラは誰にも渡さない』などと最後までわめき散らしていたようで、失ったものの大きさに当の本人が気づいていないというのが何よりも救いがたいところだ。おまけにルイのことには何一つ言及することはなく、それほどまでに弟を軽視していた事実になんともやるせない気持ちにさせられた。

とはいえ、首謀者が断罪されるというのは、とても大きなことだ。

バッシュからは被害に遭った者への全面的な補償も約束されている。後味の悪さはあったが、真摯な謝罪と誠意ある対応を責める者はほとんどいなくなり、そこで一連の騒動は一応の収束を迎えることとなったのだ。

ところが、それから間もなく、バッシュは高熱で倒れてしばらく城に留まることになってしまった。

おそらく彼は病を押して駆けつけたのだろう。

はじめてバッシュに会ったとき、ステラは体調が悪そうだと思っていたが、気丈に振舞う姿に何も言えなかったことが今でも悔やまれてならない。

結局、バッシュの熱が下がって城を出たのが今から一週間前で、一か月近く城に留まることになってしまったのだ。

それでも、その間は悪いことばかりでもなかった。

どこからともなく、ステラとルイが恋仲にあるという噂が広がったのだが、好意的に受け止める声が多かったのだ。

調べてみれば、噂の出所はあの港の街。

港の街の人たちは、ルイが逃亡中に宿屋の老婆を庇ったことや、必死でステラを守ろうとしていたことを積極的に広め、味方になってくれていたのだ。

そのお陰で、ルイがイーストン公国の第三公子であると伝えられてもさほど悪感情を抱かれることはなく、それどころか三年も前からステラの従者として傍にいた事実を知って応援する声を聞くほどだった。

「けれど、あの中でステラさまが港の街まで逃げていたなんて驚きましたわ。私、実はあの街の生まれなもので……。ステラさまたちが泊まった宿屋の老夫婦のことも知っているんです」

「まぁ、そうだったの？」

「ええ、ですからそのときの話はいろいろ耳に入っていますわ」

「いろいろ？」

「あ…っ、い、いやだわ私ったら！　いえ、お話しするほどの内容ではないのです。もちろん、悪い話ではありませんけれど」

そう言うと、ニーナは恥ずかしそうにテーブルに櫛を置いた。

彼女はそれ以上のことには口を噤んでしまったが、口元が笑っているので大体の想像はつく。

――ルイと夫婦だと偽っていたのがばれてしまったのね。

ふと、アンジェラとベンの笑顔を思い出して、ステラはくすりと笑う。

あのときのことが街で噂になっていると思うと少し恥ずかしいが、あの街で過ごした日々が今はもう懐かしくて仕方ない。まだ一か月半しか経っていないのに、何年も前のことのようだった。

「いつか、ご挨拶に伺えればいいのだけど……」

ステラは立ち上がり、窓辺から空を見上げた。

そこには目の覚めるような青が広がっていて、胸の奥がきゅっと切なくなる。

「あの…、ルイさまは……」

「……さすがにまだよ」

「なんだか寂しいですわね」

「そうね……」

ステラは小さく頷き、俯きがちに目を落とす。

しばし沈黙が続いたが、ややあってティーワゴンを動かす音が聞こえてくる。

ニーナが紅茶を淹れる準備をしているのだろう。ステラは裏庭を眺めながら、ティーポットにお湯を入れる音に耳を澄ましていた。

ところがそのとき、

「……えっ!?」

ものすごい勢いで一頭の馬が裏庭を駆け抜けていく。

ステラは思わず身を乗り出し、窓の下を食い入るように見つめた。

馬上には黒髪の青年。たった今城に戻ったという様子だ。

遠目からでも激しく息を乱しているのが見て取れる。よほど急いでいるのか、彼は前傾姿勢で手綱を握り締めたままだった。

どうやら馬は厩舎に向かっているようだ。

馬が駆ける方角を確かめると、ステラは慌てて窓辺を離れた。

「ステラさま、どちらに行かれるのですか!?」

「あ…、あの…、す…、少し散歩に……ッ」

「散歩？　いきなりどうして…――」

「ごめんなさい、紅茶はあとで必ずいただくわ！」

「ステラさまッ!?」

ニーナに呼び止められたが、今は説明している時間も惜しい。

ステラは大慌てで部屋を飛び出すと、はしたないとわかっていながら廊下をひた走り、そのまま裏庭へ向かった。そこで一瞬立ち止まったが、先ほどの馬が駆け抜けた方角へと走り出す。

あの馬に乗っていたのはルイだった。

彼と会うのは『一週間ぶり』だったから、どうしても逸る気持ちを抑えられなかったのだ。

「――ルイ……ッ！」

それから程なく、ステラは厩舎についた。

厩舎の中に駆け込むと、奥から歩いてくるルイと目が合う。

彼はステラに気づくや否や、びっくりした様子で立ち止まった。

「……ステラさま……？」

「ルイ……ッ！」

乱れた呼吸。額から流れる汗。

ステラは堪らず彼に駆け寄り、その胸に抱きつく。

ルイは僅かに息を詰めたが、躊躇いがちにステラの背に腕を回すと、我慢できないといった様子で強く抱き締めてきた。

「ステラさま…、只今戻りました……っ」

「ルイ、おかえりなさい…っ。でも、どうして？　まだ一週間よ？　イーストン公国までもっとかかるはずでは……」

「国境で引き返してきたんです」

「国境で……？」

「はい…。私には、そこから先にはどうしても行けませんでした。父には護衛がたくさんいます。私の力など必要ありませんでした。父とは…、笑って別れました。おまえはもうファレルのものだと笑ってくれました」

そう言うと、ルイはステラの首筋に顔を埋める。

乱れた息が肌にかかって、ステラは彼の服が皺になるほど握り締めた。

――一か月は戻らないと思っていたのに……。

しばらく会えないと覚悟していたから、余計に気持ちが高ぶってしまう。

なぜなら、ルイもバッシュに同行して一週間前に城を出ていたからだ。

バッシュは高熱を出して一か月もベッドに臥(ふ)せっていた。

体力も落ちてまだ本調子とは言えない中での帰国だったため、イーストン公国までついていってはどうかとステラがルイに提案したのだ。

もちろん、離れるのは寂しいに決まっている。

もう二度と離れないと約束したばかりだったからルイも驚いていた。

けれど、バッシュが寝込んでいた一か月で、父と息子の距離はずいぶん縮まっていた。

はじめはステラと一緒に、一週間が経った頃にはルイは一人でバッシュの様子を見に行き、特に何を話すでもなく親子二人で過ごす様子は誰が見ても微笑ましいものだった。

『私は、これから何年もルイの傍にいられるわ……』

だから、もう少しあなたのお父さまと一緒に過ごしてほしいとステラは言った。せめてイーストン公国に戻るまでの間だけでも、親子で過ごした思い出が増えればいいと思ったからだ。

自分たちの想いはレオナルドやバッシュに伝え、すでに理解してもらっている。

港の街の人々のお陰で理解者も増えていた。結婚を待ち望む声も日に日に高まっているとも聞く。そういった後押しがあり、気持ちを強く持てるようになれたことが大きかったのだろう。

「だけどルイ…、次はいつお父さまに会えるかわからないのよ？」

「わかっています。それでも、あなたの傍に戻りたかったのです。この一週間、私はここに戻ることばかり考えていました」

「ルイ……」

「戻ってきてよかった。こんなふうに出迎えてもらえるなんて……」

ルイは深く息をつき、ステラをきつく抱き締める。

久しぶりの彼の匂いに胸が締め付けられて、知らず知らずのうちにステラの目から涙が零れ落ちていく。ルイが自分と同じように会いたいと想ってくれていたことが何よりも嬉しかった。

「わ…、私も会いたかった。一週間、ルイのことばかり考えていたわ。自分から言い出したのにだめね……」

「ステラさま……」

「もうそんなふうに呼ぶのはやめて」

「え？」

「ステラと呼んで。港の街では、そう呼んでくれていたでしょう？」

「あ、いや…、あのときはやむを得ず……」

「いやなの？」

「いっ、いやなわけでは……っ」

じっと見つめると、ルイは焦った顔で口ごもる。

難しい要求ではないはずなのに、本当におかしな人だ。

仮にもイーストン公国の公子が、偉ぶるどころか己の身分も忘れ、まるではじめからステラの従者だと思っていそうな様子には苦笑せざるを得なかった。

「……っ…、もう少し……待ってください……」

けれど、彼がこういう人だというのはステラもよくわかっている。

少し前までは触れようともしなかったことを思うと、こうして触れ合えるだけで胸がいっぱいだ。

真っ赤な顔で懸命に応えようとする姿が愛おしい。

迷いながら躊躇いながら、もっと近くに来てくれればそれだけで充分だった。

「ね、ルイ……」

「は…、はい、なんでしょうか」

しばし抱き締め合い、ステラはそっと囁く。

見上げると、ルイは顔を赤くしたまま唇を引き締めた。

「私、いつか…、あなたの生まれた国に行ってみたい。結婚して子供が生まれてからでもいいから」

「……っ」

「連れて行ってくれる？」

ルイにとっては、嫌な思い出ばかりなのかもしれない。

辛いことや、苦しいことばかりだったのかもしれない。

それでも見てみたい。彼がこの世に生まれてきてくれたことに、ステラは心から感謝している。

「……もちろんです。ステラさまと一緒なら、私はどこへでも行きます」

やがて、ルイは目を細めて頷く。

花が綻ぶような笑顔にステラの頬も自然と緩む。

どちらからともなく手を繋ぎ、そのまま外に出て空を見上げる。

鮮やかな青。出会った頃より明るい。

ちょうど、今の彼の瞳のような澄んだ色をしていた——。

あとがき

最後まで御覧いただき、ありがとうございました。作者の桜井さくやと申します。

今回は主従関係にある二人のストーリーで、タイトルも非常にわかりやすいものとなりました。作中に『下僕』という単語は何度か出ていますが、そもそもルイの性格を設定した資料に『わけあって下僕体質』と書いていたのが大きかったように思います。

そして、本作はそんな下僕体質のルイが成長していく物語でもありました。

命令されるばかりで自分の意志というものがない。彼がファレル公国で与えられた温もりは、自分の国では得られなかったものでした。ルイが自我を持つことができたのは、公女であるステラの存在はもちろんのこと、公国の君主であるレオナルドの存在があってこそだったのだと思えます。あの下僕体質だけは一生かかっても治りそうにないのがアレですが、相手が君主になる女性ですのでバランスはいいのかもしれませんね。ステラとの結婚には少し時間が必要でしょうが、きっと乗り越えていけるだろうと想像しています。

また今回は、どのキャラも書くのが楽しかったことがとても幸せでした。

主役の二人は当然のこととして、それ以外ではレオナルドを書くのが非常に楽しく、登場するだけで気持ちが明るくなるキャラでした。『儂』キャラを書くのがはじめてだったからでしょうか。『儂』っておじいちゃんなイメージがありますが、私の中でレオナルドは豪胆な首領という感じでした。ちなみにバッシュより五歳下の四十歳。ただ、見た目はバッシュのほうが若そうです。

イラストについては、前作『清廉騎士は乙女を奪う』でお世話になった芦原モカさんに今作も続けて担当していただきました。表紙は切ない表情をとても美しく描かれていて、はじめて見たときはルイとステラに命が宿ったような感動を覚えました。ストーリーのほうも、第一章のルイはなんともかわいらしく、その後も初々しい二人の様子が微笑ましくてなりませんでした。本当に感謝でいっぱいです。

最後になりましたが、この本を手にしてくださった方をはじめとして、イラストの芦原さん、編集のYさん、本作に関わっていただいたすべての方々に御礼を申し上げて締めくくりとさせていただきます。

ここまでおつきあいいただき、本当にありがとうございました。
皆さまとまたどこかでお会いできれば幸いです。

桜井さくや

この本を読んでのご意見・ご感想をお待ちしております。

◆ あて先 ◆

〒101-0051
東京都千代田区神田神保町2-4-7 久月神田ビル
㈱イースト・プレス　ソーニャ文庫編集部
桜井さくや先生／芦原モカ先生

下僕の執愛

2019年7月8日　第1刷発行

著者　桜井さくや
イラスト　芦原モカ
装丁　imagejack.inc
DTP　松井和彌
編集・発行人　安本千恵子
発行所　株式会社イースト・プレス
〒101－0051
東京都千代田区神田神保町2－4－7 久月神田ビル
TEL 03－5213－4700　FAX 03－5213－4701
印刷所　中央精版印刷株式会社

ISBN 978-4-7816-9651-5